Joris-Karl Huysmans

La Bièvre et Saint-Séverin

Histoire

 Le code de la propriété intellectuelle du 1er juillet 1992 interdit en effet expressément la photocopie à usage collectif sans autorisation des ayants droit. Or, cette pratique s'est généralisée dans les établissements d'enseignement supérieur, provoquant une baisse brutale des achats de livres et de revues, au point que la possibilité même pour les auteurs de créer des œuvres nouvelles et de les faire éditer correctement est aujourd'hui menacée. En application de la loi du 11 mars 1957, il est interdit de reproduire intégralement ou partiellement le présent ouvrage, sur quelque support que ce soir, sans autorisation de l'Éditeur ou du Centre Français d'Exploitation du Droit de Copie , 20, rue Grands Augustins, 75006 Paris.

ISBN : 978-3-96787-489-1

10 9 8 7 6 5 4 3 2 1

Joris-Karl Huysmans

La Bièvre et Saint-Séverin

Histoire

Table de Matières

LA BIÈVRE 7

LE QUARTIER SAINT-SÉVERIN 14

LA BIÈVRE
À GEORGES LANDRY

La Bièvre représente aujourd'hui le plus parfait symbole de la misère féminine exploitée par une grande ville.

Née dans l'étang de Saint-Quentin, près de Trappes, elle court, fluette, dans la vallée qui porte son nom, et, mythologiquement, on se la figure, incarnée en une fillette à peine pubère, en une naïade toute petite, jouant encore à la poupée, sous des saules.

Comme bien des filles de la campagne, la Bièvre est, dès son arrivée à Paris, tombée dans l'affût industriel des racoleurs ; spoliée de ses vêtements d'herbes et de ses parures d'arbres, elle a dû aussitôt se mettre à l'ouvrage et s'épuiser aux horribles tâches qu'on exigeait d'elle. Cernée par d'âpres négociants qui se la repassent, mais d'un commun accord, l'emprisonnent à tour de rôle, le long de ses rives, elle est devenue mégissière, et, jours et nuits, elle lave l'ordure des peaux écorchées, macère les toisons épargnées et les cuirs bruts, subit les pinces de l'alun, les morsures de la chaux et des caustiques. Que de soirs, derrière les Gobelins, dans un pestilentiel fumet de vase, on la voit, seule, piétinant dans sa boue, au clair de lune, pleurant, hébétée de fatigue, sous l'arche minuscule d'un petit pont !

Jadis, près de la poterne des Peupliers, elle avait encore pu garder quelques semblants de gaîté, quelques illusions de site authentique et de vrai ciel. Elle coulait sur le bord d'un chemin, et de légères passerelles reliaient, sur son dos, la route sans maisons à des champs au milieu desquels s'élevait un cabaret peint en rouge ; les trains de ceinture filaient au-dessus d'elle, et des essaims de fumée blanche volaient et se nichaient dans des arbustes, dont l'image brisée se reflétait encore dans sa glace brune ; c'était, en quelque sorte, pour elle, un coin de dilection, un lieu de repos, un retour d'enfance, une reprise de la campagne où elle était née ; maintenant, c'est fini, d'inutiles ingénieurs l'ont enfermée dans un souterrain, casernée sous une voûte, et elle ne voit plus le jour que par l'œil en fonte des tampons d'égout qui la recouvrent.

Plus loin, il est vrai, elle sort de ses geôles, et, divisée en deux bras, suit le chemin de la Fontaine-à-Mulard et de la rue du Pot-au-Lait.

Dans ces parages écartés, elle fut autrefois charmante. Entre ces deux ruisseaux, s'étendaient une prairie, plantée d'arbres, et des petits étangs granulés de mouches vertes par des lentilles d'eau ; des fleurs étoilaient l'herbe ; des buissons de mûres enchevêtraient leurs tiges munies d'épines courbes et roses comme des griffes ; le paysage était presque désert ; çà et là, quelques enfants pêchaient des grenouilles ; un cheval blanc paissait ; près d'une chèvre, une femme alignait des cordes pour sécher du linge ; la Bièvre bouillonnait, joyeuse, sur des pierres, tandis qu'à perte de vue dans le ciel s'étageaient les charpentes et les terrasses des mégissiers, au-dessus desquelles se superposaient, séparés par des tuyaux d'usine, les emphatiques et lourds dômes du Panthéon et du Val-de-Grâce.

La rue de Tolbiac, bâtie sur remblai, a rompu l'horizon que ferme maintenant une ligne de bâtisses neuves ; les peupliers sont coupés, les saules détruits, les étangs desséchés, la prairie morte. Le travail de la Bièvre, désormais accaparée par les tanneurs, bruit, sans haleine et sans trêve.

Pour la suivre dans ses détours, il faut remonter la rue du Moulin-des-Prés et s'engager dans la rue de Gentilly ; alors, le plus extraordinaire voyage dans un Paris insoupçonné commence. Au milieu de cette rue, une porte carrée s'ouvre sur un corridor de prison, noir comme un fond de cheminée incrusté de suie ; deux personnes ne peuvent passer de front. Les murs s'exostosent et se couvrent d'eschares de salpêtre et de fleurs de dartres ; un jour de cave descend sur une boutique de marchand de vin, à la mine pluvieuse, à la devanture éraillée, frappée de pochons de fange, puis ce boyau se casse, dans un autre également étroit et sombre ; l'on arrive à une porte à moitié fermée et sur le fronton de laquelle on lit en caractères effacés ces mots : « Respect à la loi et aux propriétés », mais, si on lève la tête, on aperçoit au-dessus des murailles de vieux arbres, et par le judas d'une ouverture condamnée, des fusées de verdure, des fouillis de sorbiers et de lilas, de platanes et de trembles ; pas un bruit dans cet enclos retourné à l'état de nature, mais une odeur de terre humide, un souffle fade de marécage ; puis, si l'on continue sa route dans le couloir qui s'achemine en pente, l'on se heurte à un nouveau coude, la sente s'élargit et s'éclaire, et près d'un marchand de mottes, l'on tombe dans une rue bizarre, avec des maisons avariées et des pins de cimetière écimés rejoints entre eux par des fils sur lesquels flottent des draps.

C'est la ruelle des Reculettes, un vieux passage de l'ancien Paris, un passage habité par les ouvriers des peausseries et des teintures. Aux fenêtres, des femmes dépoitraillées, les cheveux dans les yeux, vous épient et vous braquent ; sur le pas de portes à loquet, des vieillards se retournent qui lient des ceps de vigne serpentant le long des bâtisses en pisé dont on voit les poutres.

Cette ruelle se meurt, rue Croulebarbe, dans un délicieux paysage où l'un des bras demeuré presque libre de la Bièvre paraît ; un bras bordé du côté de la rue par une berge dans laquelle sont enfoncées des cuves ; de l'autre, par un mur enfermant un parc immense et des vergers que dominent de toutes parts les séchoirs des chamoiseurs. Ce sont, au travers d'une haie de peupliers, des montées et des descentes de volets et de cages, des escalades de parapets et de terrasses, toute une nuée de peaux couleur de neige, tout un tourbillon de drapeaux blancs qui remuent le ciel, tandis que, plus haut, des flocons de fumée noire rampent en haut des cheminées d'usine. Dans ce paysage où les resserres des peaussiers affectent, avec leurs carcasses ajourées et leurs toits plats, des allures de bastides italiennes, la Bièvre coule, scarifiée par les acides. Globulée de crachats, épaissie de craie, délayée de suie, elle roule des amas de feuilles mortes et d'indescriptibles résidus qui la glacent, ainsi qu'un plomb qui bout, de pellicules.

Mais combien attrayantes sont ses deux petites berges ! celle qui longe le mur du verger garni de treilles, plantée de chrysanthèmes et de tomates, hérissée artichauts trop mûrs dont les têtes sont des brosses couleur de mauve ! et l'autre, celle qui était jadis réservée aux lavandières, évoque à elle seule toute une antique province, avec ses pavés encadrés d'herbe et ses blanchisseuses, enfouies, au ras de l'eau, jusqu'aux aisselles, dans ces baquets où elles se démènent et chantent, en battant le linge ; ce lavoir des anciens temps est aujourd'hui presque désert ; c'est à peine si une ou deux habitantes de la ruelle descendent maintenant pour savonner dans cette sauce, tout au plus si quelques gamins jouent à la bloquette auprès du mur.

Puis, sous une croûte de terre formant porche, la Bièvre disparaît à nouveau et s'enfonce dans une ombre puante ; la rue Croulebarbe continue, mais toute la gaieté du parc voisin s'arrête. Il ne reste plus, jusqu'à l'avenue des Gobelins, qu'un amas de bouges dont la vicieuse indigence effraye. Pour retrouver la morne rivière, il faut passer devant la manufacture de tapisserie et s'engager dans la rue des Gobelins.

Ici, la scène change ; le décor d'une misère abjecte s'effondre, et un coin de vieille ville, solennelle et sombre, surgit à deux pas des avenues modernes. La rue arbore d'anciens hôtels, convertis en fabriques, mais dont le seigneurial aspect persiste. Au numéro 3, une porte cochère, énorme et trapue, aux vantaux martelés de clous, donne accès dans une vaste cour où de hautes fenêtres évoquent les fastueux salons du temps jadis. C'est l'hôtel du marquis de Mascarini, maintenant encombré par des camions ; des marchands de chaussures, des teinturiers, des apprêteurs, ont mué les boudoirs en bureaux de commande et de caisse ; l'absorption du noble passé par la roturière richesse du temps présent est accomplie. Les millionnaires de la halle aux cuirs occupent en maîtres ces hôtels entourés de jardins verts et galonnés d'un ruban noir par la Bièvre. Plus loin, sur le boulevard d'Italie, par dessus un petit mur, l'on peut plonger dans ces promenades semées de boulingrins et de corbeilles, entourées de buis, taillées dans le goût vieillot des parcs auliques.

La rue des Gobelins aboutit à une passerelle bordée de palissades ; cette passerelle enjambe la Bièvre, qui s'enfonce d'un côté sous les boulevards Arago et de Port-Royal, et de l'autre longe la ruelle des Gobelins qui est, à coup sûr, le plus surprenant coin que le Paris contemporain recèle.

C'est une allée de guingois, bâtie, à gauche, de maisons qui lézardent, bombent et cahotent. Aucun alignement, mais un amas de tuyaux et de gargouilles, de ventres gonflés et de toits fous. Les croisées grillées bambochent ; des morceaux de sac et des lambeaux de bâche remplacent les carreaux perdus ; des briques bouchent d'anciennes portes, des Y rouillés de fer retiennent les murs que côtoie la Bièvre ; et cela se prolonge jusqu'aux derrières de la manufacture des Gobelins où cette eau de vaisselle s'engouffre, en bourdonnant, sous un pont. Alors, la ruelle élargit ses zigzags et le vieux bâtiment, bosselé d'un fond de chapelle que des vitraux dénoncent, sourit avec ses hautes fenêtres, dans le cadre desquelles apparaissent les ensouples et les chaînes, les modèles et les métiers de la haute lisse.

À droite, la ruelle est bordée d'étables qui trébuchent sur une terre pétrie de frasier et amollie par des ruisseaux d'ordure. Çà et là, de grands murs, rongés de nitre, fleuronnés de moisissures, rosacés de toiles d'araignée, calcinés comme par un incendie ; puis d'incohérentes chaumines, sans étage, grêlées par des places de clous, jambonnées par des fumées de poêle ; et, le soir, les artisans qui logent dans ces masures prennent le frais sur le pas des portes, séparés, par des barres de fer emmanchées dans des poteaux de bois mort, de l'eau en deuil qui, malade, sent la fièvre et pleure.

Sans doute, cette étonnante ruelle décèle l'horreur d'une misère infime ; mais cette misère n'a ni l'ignoble bassesse, ni la joviale crapule des quartiers qui l'avoisinent ; ce n'est pas le sinistre délabrement de la Butte-aux-Cailles, la menaçante immondice de la rue Jeanne-d'Arc, la funèbre ribote de l'avenue d'Italie et des Gobelins ; c'est une misère anoblie par l'étampe des anciens temps ; ce sont de lyriques guenilles, des haillons peints par Rembrandt, de délicieuses hideurs blasonnées par l'art. À la brune, alors que les réverbères à huile se balancent et clignotent au bout d'une corde, le paysage se heurte dans l'ombre et éclate en une prodigieuse eau-forte ; l'admirable Paris d'antan renaît, avec ses sentes tortueuses, ses culs-de-sac et ses venelles, ses pignons bousculés, ses toits qui se saluent et se touchent ; c'est, dans une solitude immense, la silencieuse apparition d'un improbable site dont le souvenir effare, lorsqu'à trois pas, le long de casernes neuves, la foule déferle sous des becs de gaz et bat, sur les trottoirs, en gueulant, son plein.

Mais ce n'est pas tout ; ce séculaire vestige du vieux Paris confine à des surprises plus extraordinaires encore.

Au milieu de la ruelle, devant la Bièvre, une porte sans battant, percée dans le mur noir, ouvre sur une cour en étoile, formée de coins et de racoins. L'on a devant soi de grandes bâtisses chevronnées, qui se cognent, les unes contre les autres, et se bouchent ; partout des palis clos, des renfoncements abritant de gémissantes pompes, des portes basses, au fond desquelles, dans un jour saumâtre, serpentent de gluants escaliers en vrilles ; en l'air, des fenêtres disjointes avec des éviers dont les boîtes cabossent ; sur les marges des croisées, du linge, des pots de chambre, des pots de fleurs plantés d'on ne sait quelles tiges ; puis, à gauche, la cour s'embranche sur un couloir qui colimaçonne, déroulant, tout le long de sa spirale, des boutiques de marchands de vin. Nous sommes dans le passage Moret, qui relie la ruelle des Gobelins à la rue des Cordelières, dans la cour des Miracles de la peausserie. Et, soudain, à un détour, un autre bras de la Bièvre coule, un bras mince, enserré par des usines qui empiètent, avec des pilotis, sur ses pauvres bords. Là, des hangars abritent d'immenses tonneaux, d'énormes foudres, de formidables coudrets, emplâtrés de chaux, tachés de vert-de-gris, de cendre bleue, de jaune de tartre et de brun loutre ; des piles de tan soufflent leur parfum acéré d'écorce, des bannes de cuir exhalent leur odeur brusque ; des tridents, des pelles, des brouettes, des râteaux, des roues de rémouleur, gisent de toutes parts ; en l'air, des milliers de peaux de lapin racornies s'entrechoquent dans des cages, des peaux diaprées de taches de sang et sillées de fils bleus ; des machines à vapeur ronronnent, et, au travers des vitres, l'on voit, sous les solives où des volants courent, des ouvriers qui écument l'horrible pot-au-feu des cuves, qui rôtissent des peaux sur une douve, qui les mouillent, qui les « mettent en humeur », ainsi qu'ils disent ; partout des enseignes : veaux mégis et morts-nés, chabraques et scieries de peaux, teintureries de laine, de poils de chèvre et de cachemyre ; et le passage est entièrement blanc ; les toits, les pavés, les murs sont poudrés à frimas. C'est, au cœur de l'été, une éternelle neige, une neige produite par le râclage envolé des peaux. La nuit, par un clair de lune, en plein mois d'août, cette allée, morte et glacée, devient féerique. Au-dessus de la Bièvre, les terrasses des séchoirs, les parapets en moucharabis des fabriques se dressent inondés de froides lueurs ; des vermicelles d'argent frétillent sur le cirage liquéfié de l'eau ; l'immobile et blanc paysage évoque l'idée d'une Venise septentrionale et fantastique ou d'une impossible ville de l'Orient, fourrée d'hermine. Ce n'est plus le rappel de l'ancien Paris, suggéré par la ruelle des Gobelins, si proche ; ce n'est plus la hantise des loques héraldiques et des temps nobiliaires à jamais morts. C'est l'évocation d'une Floride, noyée dans un duvet d'eider et de cygne, d'une cité magique, parée de villas, aux silhouettes dessinées sur le noir de la nuit, en des traits d'argent.

Ce site lunaire est habité par une population autochtone qui vit et meurt dans ce labyrinthe, sans en sortir. Ce hameau, perdu au fond de l'immense ville, regorge d'ouvriers, employés dans ce passage même aux assouplissantes macérations des cuirs. Des apprentis, les bas de culottes attachés sur les tibias avec une corde, les pieds chaussés de sabots, grouillent, pêle-mêle avec des chiens ; des femmes, formidablement enceintes, traînent de juteuses espadrilles chez des marchands de vin ; la vie se confine dans ce coin de la Bièvre dont les eaux grelottent le long de ses quais empâtés de fange.

L'aspect féerique de ce lieu diminue le jour, ou du moins la vue de ses tristes habitants, qui forment comme la populace oubliée d'un roi de Thunes, détourne des songes hyperboréens, greffés sur les rêves d'une Italie languissante ou d'un Orient torride ; la réalité refoule les postulations vers les contrées des au-delà, car, en arrivant à la rue des Cordelières, le passage Moret devient modernement sordide. L'on dirait, de ses appentis en lattes, de ses maisons de salive et de plâtre, des voitures de saltimbanque, dételées et privées de roues. Ces boîtes, coiffées de tôle, sont précédées, au dehors, d'escaliers vermoulus, chancis, mous, dont les marches plient et suintent l'eau gardée, dès qu'on les touche. Aux lucarnes, dont les cadres inégaux culbutent, des chaussettes inouïes, qui par leur pointure étonnent, se balancent sous la neige animale des peaux, des chaussettes en gros fil, lie de vin, émaillées de reprises de couleur, épaisses comme des souches.

La Bièvre a désormais disparu, car au bout de la rue des Cordelières le Paris contemporain commence. Écrouée dans d'interminables geôles, elle apparaîtra maintenant, à peine, dans des préaux, au plein air ; l'ancienne campagnarde étouffe dans des tunnels, sortant, juste pour respirer, de terre, au milieu des pâtés de maisons qui l'écrasent. Et il y a alors contre elle une recrudescence d'âpreté au gain, un abus de rage ; dans l'espace compris entre la rue Censier et le boulevard Saint-Marcel, l'on opprime encore l'agonie de ses eaux ; dès que la malheureuse paraît, les Yankees de la halle aux cuirs se livrent à la chasse au nègre, la traquent et l'exterminent, épuisant ses dernières forces, étouffant ses derniers râles, jusqu'à ce que, prise de pitié, la Ville intervienne et réclame la morte qu'elle ensevelit, sous le boulevard de l'Hôpital, dans la clandestine basilique d'un colossal égout.

Et pourtant, combien était différente, de cette humble et lamentable esclave, l'ancienne Bièvre ! Ecclésiastique et suzeraine, elle longeait le couvent des Cordelières, traversait la grande rue Saint-Marceau, puis filait à travers prés sous des saules, se brisait soudain, et devenue parallèle à la Seine, descendait dans l'enclos de l'abbaye Saint-Victor, lavait les pieds du vieux cloître, courait au travers de ses vergers et de ses bois, et se précipitait dans le fleuve, près de la porte de la Tournelle.

Liserant les murs et les tours de Paris où elle n'entrait point, elle jouait, çà et là, sur son parcours, avec de petits moulins dont elle se plaisait à tourner les roues ; puis elle s'amusait à piquer, la tête en bas, le clocher de l'abbaye dans l'azur tremblant de ses eaux, accompagnait de son murmure les offices et les hymnes, réverbérait les entretiens des moines qui se promenaient sur le bord gazonné de ses rives. Tout a disparu sous la bourrasque des siècles, le couvent des Cordelières, l'abbaye de Saint-Victor, les moulins et les arbres. Là où la vie humaine se recueillait dans la contemplation et la prière, là où la rivière coulait sous l'allégresse des aubes et la mélancolie des soirs, des ouvriers affaitent des cuirs, dans une ombre sans heures, et plongent des peaux, les « chipent », comme ils disent, dans les cuves où marinent l'alun et le tan ; là, encore, dans de noirs souterrains ou dans des gorges resserrées d'usine, l'eau exténuée, putride.

Symbole de la misérable condition des femmes attirées dans le guet-apens des villes, la Bièvre n'est-elle pas aussi l'emblématique image de ces races abbatiales, de ces vieilles familles, de ces castes de dignitaires qui sont peu à peu tombées et qui ont fini, de chutes en chutes, par s'interner dans l'inavouable boue d'un fructueux commerce ?

LE QUARTIER SAINT-SÉVERIN

À HENRY GIRARD

I

Au Moyen Age, la paroisse de Saint-Séverin formait une sorte de triangle, aux lignes tremblées, faussé par le bas, à la pointe écachée par un carrefour. Ce triangle dont la base s'appuyait sur l'abreuvoir Mâcon et la rue de la Harpe et dont les deux côtés gondolaient, d'une part, dans les rues de la Huchette et de la Bûcherie, et de l'autre dans les rues au Fain et des Noyers, s'acutait brusquement sur la place Maubert qui s'évidait et se recourbait comme un croissant.

Cette sorte de triangle était couché à contre-fil de l'eau, sur le bord de la Seine.

La contexture de ce quartier s'est à peine modifiée. Il suffit de remplacer l'abreuvoir Mâcon par la place Saint-Michel, les rues au Fain et des Noyers par le boulevard Saint-Germain pour s'y retrouver. Le quartier ressemble toujours à une équerre, cassée par le bout, mais l'extension de la rue Monge, baptisée dans son nouveau parcours du nom du physicien Lagrange, a déformé le croissant de la place Maubert et substitué au retroussis de ses accroche-cœurs les dents d'une fourche. En dépassant la place et en prolongeant hors de la paroisse la ligne du boulevard Saint-Germain jusqu'au quai, l'on a, reproduite, l'exacte image d'un morceau de Brie dont la pointe s'aîguise à la jonction de ce boulevard et du quai de la Tournelle.

Mais ce triangle réel, complet, est tout moderne. Au Moyen Age, la dernière rue qui s'ouvrait, après la place Maubert, à l'est, était la rue Saint-Nicolas-du-Chardonnet ; elle courait devant le monastère des Bernardins qui s'étendait jusqu'à la porte de la Tournelle.

Pour se bien figurer l'ancien aspect de ce coin de Paris il faut évoquer le souvenir de certaines villes épargnées de l'Allemagne, ou se rappeler le quartier Martainville, tel qu'il existait, il y a quelques années encore, à Rouen.

C'était un lacis de tranchées noires, de rues sombres fuyant d'abord droit devant elles, puis dessinant des crochets, s'agrippant à celles qu'elles rencontraient tombant, se relevant, grimpant à des échelles de meunier, descendant en des glissades dans des impasses. Les maisons étaient étroites, tout en hauteur, écartelées, sur leur épiderme de plâtre ou de briques, de grandes croix de Saint-André en bois, ceinturées à la taille de poutres peintes. Les étages débordaient les uns au-dessus des autres, semblables à des tiroirs à moitié tirés, de commodes à ventre ; des balcons en demi-lune surplombaient la rue, et, aux angles, des tourelles s'effilaient en l'air en des cornets d'ardoises, en des capuchons relevés de moines, se terminaient au-dessus du sol en des volutes de colimaçons, en des culs-de-lampe.

En bas, souvent des piliers soutenaient la panse hydropique de la façade qui saillait sur la tête des passants et formait une galerie couverte abritant des soupiraux, des portes à pentures, des porches à barreaux, à judas, à herses, — et si l'on franchissait ces portes, l'on accédait dans d'immenses couloirs voûtés tels que des fours, interrompus çà et là par des escaliers en spirales, en vis de Saint-Gilles.

Et ces corridors menaient à des cours aérées, à de spacieux jardins. Petite sur le devant, la maison s'enflait sur les derrières, vivait à la campagne. Le bruit cessait, éteint dès l'entrée par ces murailles épaisses, par ces pierres sourdes.

Retirées et intimes, dès qu'elles tournaient le dos aux rues, ces maisons batelaient lorsqu'elles faisaient face au public ; elles se déhanchaient avec leurs buffleteries de chêne noir, titubaient sous leur bonnet en chausse à filtrer de clown, semblaient débiter des boniments au dehors et ne cesser leurs facéties que pour se recueillir en leur céans ; celles de ces bâtisses qui se livraient au commerce adoptaient, tout en restant gaies, l'allure de leur profession ; leurs traits étaient façonnés par le métier des gens ; elles étaient leurs coquilles, étaient agencées exprès pour eux ; le fournil du boulanger, la forge de l'artisan avaient décidé des contours et des ornements des lieux qui les contenaient ; ce n'était pas, comme maintenant, d'indifférentes boutiques, aptes à arborer le comptoir d'un marchand de vins, le magasin d'un fabricant de vélocipèdes ou la resserre d'un droguiste.

Le quartier Saint-Séverin fut, dès son origine, ce qu'il est maintenant, un quartier miséreux et mal famé ; aussi regorgeait-il de clapiers et de bouges ; son aspect était sinistre à la fois et hilare ; il y avait, à côté d'auberges de plaisante mine et d'avenantes rôtisseries et pour les étudiants, des repaires pour bandits, des coupe-gorge accroupis dans la fange des trous punais ; il y avait aussi, çà et là, quelques anciens hôtels appartenant à des familles seigneuriales et qui devaient s'écarter, avec morgue, de ces tavernes en fête, lesquelles regardaient certainement à leur tour du haut de leurs joyeux pignons le sanhédrin des bicoques usées, des ignobles cambuses où gîtaient les voleurs et les loqueteux.

Mais que ces bâtisses fussent jeunes ou vieilles, riches ou pauvres, elles étaient quand même lancées pêle-mêle dans le tourbillon cocasse des rues qui les conduisaient au galop de leurs pentes, les jetaient dans des pattes d'oie, dans des tranchées, dans des places plantées de piloris et de calvaires ; et, là, d'autres maisons s'avançaient à leur rencontre, leur faisaient la révérence, ou dansaient en rond, le bonnet de travers, les pieds dans un tas de boue. Puis le cercle de la place se rompait et les rues repartaient, se faufilaient en de maigres sentes, finissaient par se perdre dans des allées en sueur, dans les tunnels obscurs des grands porches.

Au milieu de ce sabbat de chemins égarés et de cahutes ivres, la foule grouillait, harcelée par les cloches qui la conviaient aux offices, arrêtée par des moines qui quêtaient au nom de « Jésus, notre Sire », amusée par les cris des marchands qui se croisaient, par les chandeliers qui bramaient à tue-tête : « chandoille de coton, chandoille ! » par l'herbier qui annonçait ses amis fleurant comme baume, par l'oubloier cher aux enfants, le fabricant de gâteaux secs et de rissoles, qui lançait ce refrain singulier, tout à la fois surpris et peureux : « Dieu ! qui appelle l'oubloier ? »

Il y avait, dans chaque rue, comme une foire à demeure. Les négociants harpaient la clientèle, se disputaient si bien sa bourse qu'un édit décréta que nul ne pourrait aguicher le chaland, tant qu'il serait dans la boutique d'un autre ; c'était la retape commerciale, telle qu'elle se pratiquait, il y a quelques années encore, ainsi qu'un souvenir des vieux âges, sur le carreau du Temple.

La nuit, tout ce hourvari des affaires cessait. Le couvre-feu sonnait à Saint-Séverin ; chacun se barricadait et fermait boutique ; les rues, éclairées par les veilleuses placées au pied des Vierges debout dans leurs cages treillissées de fer, valsaient, silencieuses, dans l'ombre. Alors les écoliers ribaudaient avec les voleurs et les filles. Bien que le prévôt de Paris eût, au XIVe siècle, rendu une ordonnance prescrivant aux femmes qui s'assemblaient à l'abreuvoir Mâcon et dans d'autres lieux de se retirer, le soir, après dix heures, sous peine de vingt sols parisis d'amende, les filles n'en pullulaient pas moins, soutenues par les étudiants et les filous, et elles ne tenaient pas plus compte de ces injonctions que de celles qui leur défendaient de porter des robes traînantes, des collets renversés et des chapeaux d'écarlate ou des jupes rouges.

Les mendiants, les prostituées et les grinches sont restés depuis le Moyen Age dans ce coin de ville, mais les étudiants semblent l'avoir pour jamais quitté. Ils ne franchissent guère maintenant le boulevard Saint-Germain et le boulevard Saint-Michel qui enserrent le labyrinthe des vieilles rues. À l'heure actuelle, le quartier Saint-Séverin, le seul, à Paris, qui conserve encore un peu de l'allure des anciens temps, s'effrite et se démolit chaque jour ; dans quelques années, il n'y aura plus trace des délicieuses masures qui l'encombrent. On nivellera d'amples routes, l'on abolira les tapis-francs, l'on refoulera le long des remparts les purotins et les escarpes ; une fois de plus, les moralistes s'imagineront qu'ils ont déblayé la misère et relégué le crime ; les hygiénistes clameront également les bienfaits des larges boulevards, des squares étriqués et des rues vastes ; l'on répétera sur tous les tons que Paris est assaini, et personne ne comprendra que ces changements ont rendu le séjour de la ville intolérable. Jadis, en effet, on ne grillait pas, l'été, dans des rues étroites et toujours fraîches et l'on ne gelait pas l'hiver, dans des sentes à peine ouvertes et à l'abri des vents ; aujourd'hui, l'on rissole, au temps des canicules, dans les saharas du Carrousel et de la place de la Concorde et l'on grelotte, par les frimas, sur ces interminables avenues que balaient les bises. Sans doute, les égouts déodorisés puent moins, mais nous avons à humer, en échange, les infectes senteurs des asphaltes et des gaz, des voitures à pétrole et des pavés de bois.

Naguère, derrière les logis, s'étendaient des jardins en fleurs et d'immenses cours ; maintenant les croisées s'ouvrent sur des puisards et se touchent ; les gens qui n'habitent pas sur la rue étouffent ; l'air était derrière les façades et il est désormais devant ; de même pour les arbres : ils ont sauté par-dessus les maisons et ils s'étiolent, actuellement, à la queue-leu-leu, sur des trottoirs, les pieds pris dans des carcans de fonte. En somme, l'espace est le même qu'autrefois, mais il est réparti d'une façon autre.

Ajoutons qu'au temps passé l'on respirait à l'aise chez soi, dans de hautes et de salubres chambres, et que maintenant l'on s'anémie dans de minuscules loges dont les cloisons de papier et les plafonds bas laissent filtrer tous les bruits. Personne ne peut plus souffrir en paix, si son voisin dont il lui faut, malgré lui, subir la vie, est père.

Ni silence, ni bouffées de verdure, ni place pour se mouvoir au dedans ; aucun moyen de s'abriter du chaud et du froid au dehors, tels semblent être les résultats obtenus par ce fameux progrès dont tant de jobards nous rebattent les oreilles, depuis des ans !

Je ne vois pas, en tout cas, ce qu'au point de vue de la salubrité et de l'hygiène, la classe moyenne a gagné à ces changements.

Quant aux pauvres, c'est autre chose : l'on est en train de détruire leurs derniers refuges. Jadis, ils pourrissaient dans les casemates en pierre des vieux bouges ; dorénavant, ils crèveront dans les greniers de zinc des maisons neuves. Autrefois, ils s'hébétaient avec des breuvages impétueux, mais qui ne les foudroyaient point ; aujourd'hui, ils se moulent avec des mixtures qui les calcinent en quelques mois et les rendent fous. Dans le quartier Saint-Séverin, plus qu'ailleurs peutêtre, cette vérité s'affirme.

En attendant que les tapis-francs de ses ruelles soient démolis, d'immenses assommoirs et de formidables bars se sont installés à tous les nouveaux rez-de-chaussée de ses avenues. Dans les anciennes tanières qui existent encore, dans le cabaret de la Guillotine de la rue Galande, pour en citer un, Trolliet, le patron, versait à ses habitués des consommations dures au goût, mais quasi saines ; son vin valait celui que débitent aux ménagères les épiciers du coin et, bien qu'elle fût un peu véhémente, son eau-de-vie de marc était louable. N'ayant pas de frais généraux, il pouvait livrer des boissons honnêtement frelatées, à bon compte ; mais il n'en est pas de même de ces abreuvoirs que l'on vient de fonder et dont les dépenses d'installation et de loyer sont énormes.

Attirés, comme des papillons de nuit, par l'illumination furieuse de ces salles, les purotins commencent à déserter déjà les antiques mannezingues et ils vont s'ingurgiter, le soir, dans un décor qui les éblouit, des poisons explosifs, des liquides de colère et de meurtre.

Les hygiénistes et les marchands de morale qui se réjouissent de voir disparaître, un à un, les chenils séculaires de Saint-Séverin, verront de combien montera, dans cette paroisse, la cote des criminels et des aliénés, lorsqu'on aura complètement aboli les traces des tavernes d'antan, pour y substituer partout le luxe moderne des grands bars.

II

Là où s'étend maintenant la place Saint-Michel, s'extravasait, au Moyen Age, l'abreuvoir Mâcon. Adossé à la rue de la Huchette, il s'allongeait jusqu'à la rue de la Serpent, devenue rue Serpente, jusqu'à la rue de l'Aronde ou de l'Hirondelle dont un tronçon existe encore, tel qu'un couloir dévoûté, derrière l'une des maisons de la place qu'elle rejoint à la rue Gît-le-Cœur.

Dans cette rue de l'Aronde, ainsi nommée parce qu'une hirondelle peinte sur une enseigne se balançait à la porte d'un mauvais gîte, l'on trouvait au XIIIe siècle deux établissements de bains, puis la demeure de deux sœurs sachètes et le logis qu'habitait dame Kateline qui file l'or.

Quant à l'abreuvoir même, c'était un des plus anciens fiefs de la prostitution parisienne. Une ordonnance de saint Louis lui reconnaissait le droit d'héberger des filles ; mais elles ne s'y confinèrent point et envahirent peu à peu tout le quartier. Dans son poème du « Dit des rues de Paris », Guillot les dénombre complaisamment. Partout, dans son passage au travers de cette paroisse, il les rencontre. En homme obligeant, il recommande de ne pas s'attarder auprès d'une telle, hoche la tête devant une autre, déclare qu'une troisième est de « corps gent ». En quelques mots, il nous montre les fenestrières et les pierreuses de son temps.

Que fut ce Guillot qui, en un indigent écrit, recensa les « bouticles à péchés » de notre ville ? Nul ne le sait, au juste ; une ancienne chronique nous révèle pourtant qu'il fut un incomparable cocu et un pieux homme, et c'est tout. Ses renseignements sont, en somme, succincts et ils seraient insuffisants pour nous donner un aspect du quartier Saint-Séverin, si la Taille de Paris sous Philippe le Bel, éditée en 1837, par M. Géraud, chez Crapelet, ne nous permettait de connaître, par le détail, les maisons, les métiers, les habitants même de chaque rue.

Les noms de ces rues, à peine altérés, figurent encore sur l'émail bleu des plaques. Pourtant, dans cette Taille de Paris, la rue de la Huchette manque, mais nous savons que, tracée sur l'emplacement d'un vignoble appelé le clos Laas, elle existait à cette époque et devait le parrainage de son nom à la marque bien connue d'un bon huchier. Elle était, sur la rive gauche, ce qu'était, sur la rive droite, la rue aux Ours, primitivement baptisée du sobriquet de

« rue où l'on cuit les oies », le camp achalandé des rôtisseurs. Au XVIIe siècle, elle leur emprunta même son nom, puis elle reprit sa première dénomination, après l'éparpillement dans Paris des tournebroches.

À l'heure actuelle, elle s'ouvre sur le boulevard Saint-Michel, entre un marchand de vins et un café. Assez large dès sa naissance, grossie par l'affluent de la rue de la Harpe qui se jette sur elle en plein flanc, elle va en se rétrécissant, chemine entre une haie débandée de huttes maussades et d'hôtels louches.

Les entrées de ces maisons sont des fissures ; tantôt l'escalier, planté au ras des trottoirs, se perd, en montant avec ses marches d'escabeau, dans un fond de nuit ; tantôt, au contraire, il apparaît au loin, tout au bout d'un couloir de cave, et grimpe, éclairé par un jour sans or, comme passé au travers d'une potion trouble. C'est, en plein midi, le crépuscule ; et ces corridors, dont les pierres pleurent des larmes d'encre, sont précédés, pour la plupart, de portes basses et si étroites que l'on ne sait vraiment quelles personnes spécialement étiques, spécialement naines, peuvent pénétrer dans ces chas d'aiguilles, même en s'effaçant, même en se glissant de profil.

La rue de la Huchette, qui fut autrefois égayée par le fri-fri des lèche-frites, n'est plus aujourd'hui qu'une sente triste ; elle donne naissance à deux ruelles qui la rejoignent à la Seine ; l'une, assez longue, sale et tortueuse, la rue Zacharie, est surtout façonnée par des meublés de dernier ordre et de bas zings ; elle devait être moins malpropre au Moyen Age, alors qu'elle s'appelait Sac-à-Lie, car elle ne possédait qu'une taverne et était surtout habitée par des fourbisseurs de lames de sabres et des marchands d'épées ; l'autre, la rue du Chat-qui-Pêche, est si courte qu'elle semble être une simple fente pratiquée entre deux murs ; elle est bancroche et humide, noire et déserte, charmante ; malheureusement, elle se gâte déjà, près du quai. On l'a élargie sans aucune utilité puisque personne n'y passe ; elle s'évase à cet endroit entre deux boutiques dont les étalages peuvent au moins évoquer les souvenirs d'un autre temps : à droite, un éditeur de sciences occultes et, à gauche, un bric-à-brac ; mais, hélas ! celui-ci vient de céder sa place, il y a quelques jours à peine, aux ingénieurs de la Compagnie d'Orléans, chargés d'achever le saccage des derniers débris du Paris d'antan !

Il aurait fallu que cette ruelle eût, à son autre extrémité, au coin de la rue de la Huchette, une échoppe de livres de théologie ou d'images de piété et un marchand de parchemin ou de chasubles, pour la mieux sortir du milieu trop moderne qui l'entoure ; mais ses angles sont occupés par le galetas d'un menuisier et par un mastroquet dont les vitrines bondées de bouteilles aux goulots engorgés de glandes montrent les stigmates des maux qu'elles renferment. Elles sont les scrofules de la verrerie, l'anémie des litres ; elles sont en accord avec les alcooliques et les malheureux qu'elles dépriment. Forcément, elles ont succédé aux fioles bien portantes de jadis, à ces flacons aux cous trapus, aux larges panses, dont les liquides tonifiaient, au lieu de les empoisonner, les gens qui leur demandaient un réconfort.

En face de cette ruelle, au n° 11 de la rue de la Huchette, une boutique aux carreaux dépolis se recule, parait sur le point de tomber à la renverse ; sa façade est sans gloire, et elle n'est rien moins cependant que celle du café Anglais des indigents, du Cubat des gueux. Si l'on veut y dîner, il faut apporter avec soi son pain, car ce restaurant n'en fournit pas. La salle est grande, avec son fond d'ancienne cour planchéiée couverte d'un toit vitré, en dos d'âne. À droite, près de l'entrée, un étal de boucher, des couperets, un tranchoir et des scies ; à gauche, un comptoir derrière lequel se tiennent la patronne et sa fille. Elles y débitent les plats de luxe, le rosbif, le macaroni, le fromage, les confitures, la marmelade, ou distribuent, sur une soucoupe, une poire avec deux noix ; puis, séparé de leur comptoir par une courte allée qui mène dans une petite pièce, un long fourneau sur lequel un homme répartit le ragoût de mouton, le lapin ef le bœuf ; en fait de légumes, des haricots blancs ou rouges, de la purée de pois et des lentilles.

Ce menu est invariable et dans cet établissement le service n'existe pas. L'on doit donc aller chercher, soi-même, son assiette, son couteau, son couvert d'étain et faire queue devant le cuisinier si l'on veut obtenir une portion.

Pêle-mêle, dans la salle enfumée par l'haleine des mets, des gens marchent avec précaution, tenant un bol à la main, puis s'attablent en silence, la casquette écrasée sur la nuque, et mangent, tandis que les camarades, qui ont déjà absorbé l'éponge enflée d'une robuste soupe, campent, d'un air faraud, leurs poings de chaque côté de l'assiette, les pointes de la fourchette et du couteau en l'air.

Dans cette salle où l'on est si serré, les uns contre les autres que les tabourets sans dossiers se touchent, l'on ne boit généralement que de l'eau. De rares clients réclament cependant quelquefois un demi-setier, mais alors un garçon vient et, donnant donnant, il ne livre la topette que contre argent.

En somme, dans ce restaurant, la nourriture est simple, mais elle est résolument saine ; deux sous de bouillon, quatre sous de bœuf, les dix centimes de pain que l'on a apportés, pour quarante centimes, l'on mange. Les gens riches et les gourmets peuvent, pour six sous, se réconforter avec du vrai rosbif. Ce n'est plus en effet, le torchon mol et rose, la carne détrempée dans de l'eau de Seine et séchée sur la tôle d'un four des grands bouillons, c'est de la viande juteuse et qui saigne, de la viande aux sucs rouges.

Les pauvres diables auprès desquels je m'attablais, au temps où je scrutais ce quartier dans tous ses coins, étaient bons enfants et serviables. Ils étaient, pour la plupart, des ouvriers abêtis par de durs métiers, des manœuvres vieillis par les chômages. Ils valaient certainement mieux que ceux qui pâturaient derrière le comptoir de la patronne dans une toute petite pièce où il faut commander une chopine de vin pour être admis. Là, il y a de tout : des artisans honnêtes, des salariés d'amour, des peintres sans le sou, des poètes dans la dèche, des copistes ; la rage des débines s'y sent. J'y entendis cependant, un soir, entre deux chineurs de bibelots, une conversation instructive et bonhomme qui me parut plus pleine que celles échangées par bien des gens du monde dans leurs salons.

La chambre était comble. Après avoir torché la sauce d'un éminent rata, mes deux voisins avalèrent une lampée de gros bleu et dirent presque en même temps : « Ça va mieux. »

L'un était chauve et voûté, très maigre ; il avait la mâchoire en saillie sous un nez protubérant, des yeux de chien, ronds et pleins d'eau. Il était coiffé d'un béret de laine, habillé d'un veston criblé de taches, d'un large pantalon de charpentier, en velours brun, à côtes.

L'autre était grand et gras ; il avait le teint enluminé, d'énormes moustaches, une mine de camelot avec son nez retroussé sous des yeux clairs. Il bedonnait dans un complet de cheviotte couleur de farine de lin, avait la tête couverte d'un melon à bords plats, portait à l'index une bague incrustée, ainsi que d'un fragment de fromage d'Italie, d'une pierre roussâtre piquetée de blanc.

Il tira de sa poche une lame d'éventail en écaille.

L'autre examina. « C'est du XVIIIe », dit-il. Ils parlèrent, à propos d'écailles, de tortues ; à propos de tortues, de la Nouvelle-Calédonie où ces bêtes abonderaient ; à propos de la Nouvelle-Calédonie, des conseils de guerre sous la Commune, et la conversation se fixa sur les déportés.

— Moi, fit le gros homme, j'y ai été ; ça me connaît, la Nouvelle ; eh bien ! là vrai, ils blaguent, ceux qui se plaignent qu'on les y ait envoyés. On y était libre, on y faisait ce qu'on voulait, il n'y avait que les soldats qui nous gardaient qu'étaient tenus ; puis, mon vieux, ceux qui n'étaient pas des faignants, ils en ont récolté du poignon ! Tiens, aussi vrai que je te le dis, moi qui étais sans le sou, en débarquant, ben, j'avais fini par monter un café et que ça ronflait ! pour sûr, ça valait mieux que de bricoler, comme on fait ici !

— Eh bien ! mais, alors, dit l'homme au béret d'une voix goguenarde, si c'était si ronflant que ça, pourquoi donc que toi, qui n'es rien au monde, t'es revenu ?

— Parce que, malgré tout, je m'embêtais, là-bas, loin des camarades. Ah ! si c'était à refaire ! L'amnistie, vois-tu, ça nous a mis dedans ; c'est drôle, ce que ça nous a tous tourné la boule ; sans elle, ce qu'on serait calé, maintenant !

L'homme au béret leva les épaules, puis, lentement, se parlant à lui-même, il murmura :

— Moi, pendant la Commune, je turbinais en Afrique ; sans quoi, je me connais, si j'avais été ici, c'était l'affaire de cinq ou six vertes et j'y étais ! — Et, après un silence, avec un indéfinissable accent de regret, il ajouta : — Et aujourd'hui, avec les goûts que j'ai pour la politique, je serais un notable !

Tel ce restaurant Noblot qui, si l'on considère la terrible populace de ces parages, n'est pas trop mal fréquenté ; mais, nous l'avons dit, il est une bibine de gala, une cantine de luxe. Les bouchons de dernier ordre, les gargotes vraiment infâmes sont plus loin, au bout de l'ancienne paroisse, dans cette rue de Bièvre où demeuraient, au Moyen Age, les bateliers. Cette rue contient, aujourd'hui, les plus épouvantables râteliers que Paris possède, des pensions alimentaires où l'on se repaît pour quatre sous. C'est là que toutes les bidoches avariées, que toutes les charcuteries condamnées des Halles échouent. Le matin, vers six heures, l'on apporte ces viandes mortes et qui veulent revivre. Elles sont vertes et noires, vertes dans les parties de graisse, noires dans les autres. On les épluche, on les sale, on les poivre, on les trempe dans le vinaigre, on les pend pendant quarante-huit heures dans un fond de cour, puis on les accommode et on les sert. C'est, pour les gens qui mangent de cette putréfaction mâtée, la dysenterie en quelques heures.

Dans la même rue, d'autres restaurants s'étalent, moins redoutables. Là, on ne prépare que des légumes, surtout des haricots que l'on cuit dans de la potasse. Quand ils sont simplement gonflés, l'on enfonce dans la bassine une cuillerée de saindoux et l'on débite.

La portion coûte deux sous ; joignez-y deux sous de pain et une canette de bière fabriquée avec Dieu sait quoi ! et qui vaut, elle aussi, dix centimes, et l'on peut pour six sols se procurer l'illusion d'être nourri.

Une fois par semaine, ces maisons apprêtent du moût de veau aux pommes. C'est le grand régal des purotins qui, s'ils ont quatre sous, bâfrent voracement cette viande creuse.

J'ajoute enfin, pour les gens à l'affût de bonnes et de sales affaires, que ce métier d'empoisonneur des pauvres hères est excellent, car ceux qui le pratiquent font fortune en cinq ans et se retirent.

III

En ce lieu où, entre deux cabarets sans éclat, la rue de la Huchette se termine, la rue de la Bûcherie commence avec un marchand de vins rajeuni par un maquillage de bleu de nerfs nus et de rouge sang. Cette voie longeait naguère le port au bois et était, en grande partie, peuplée par des déchargeurs de bateaux et des bûchiers. Dans la Taille de Paris, on relève les noms de ces artisans, charpentiers pour la plupart, de pères en fils, vivant sur le bord de la Seine, fréquentant les bateliers de la rue de Bièvre. Mais cette petite population s'écartait de la partie de la rue qui confinait à la ruelle des Rats et à la sente du Feurre. Là, l'aspect des cahutes changeait ; l'on entrait dans le quartier des étudiants ; à l'endroit même où se dressent les annexes de l'ancien Hôtel-Dieu s'élevaient, au Moyen Age, de nombreux hôtels, hôtels du Cygne couronné et de Saint-Pierre, du Lion d'argent, de Saint-Georges, du Cheval blanc et de la Trinité, du Poing d'or et de la Main d'argent, d'autres encore, dont le dernier, faisant le coin de la rue Saint-Julien-le-Pauvre, portait l'enseigne de l'Image de Notre-Dame.

À l'heure actuelle, la rue de la Bûcherie n'est habitée par aucun débardeur, — car ses marchands de bois émigrèrent au XVIIe siècle à la Rapée, — et elle n'est plus qu'une suite ininterrompue de buvettes et de garnis où logent à la nuit des mendigots et des filles.

À sa naissance même, alors que la rue de la Huchette se meurt sur la place du Petit-Pont, elle chemine et zigzague entre les constructions de l'Hôtel—Dieu et tout s'effondre ; des madriers soutiennent le ventre de ces bâtisses, grillagées, telles que des prisons, tannées comme par des fumées d'incendies, trouées en bas, dans leurs murs tachés de suie, d'anciens porches, de vieilles bouches dont les caries sont obturées avec les dessertes des gravats et les rebuts des plâtres. Un pont couvert qui enjambe, à une hauteur d'un étage, la chaussée, rejoint les deux tronçons de ces ruines ; cette rue barbouillée de noir, ainsi qu'une charbonnière, se tord, à moitié saoule, entre deux haies de salles où l'on souffre.

Elle est tranchée sur son parcours, d'abord par la rue de Saint-Julien-le-Pauvre, puis par cette rue du Feurre ou du Fouarre qui n'a plus gardé que cinq ou six maisons, tout le reste ayant disparu dans la brèche ouverte par la rue Lagrange. Dans cette rue du Fouarre demeurait, au XIIIe siècle, une ribaude nommée Nicole ; c'est à peu près tout ce que nous confie, sur cette sente, le poète Guillot : successivement, elle s'appela rue des Écoliers, rue des Écoles, rue du Feurre ou du Fouarre, à cause, dit Sauval, « de la paille qui servait pour y asseoir les écoliers, tandis que les régents et les docteurs étaient assis sur des chaires et sur des chaises ». Dante y a séjourné et a longuement prié dans l'église de Saint-Julien. — Grégoire de Tours, qui logeait dans les dépendances de cette basilique lorsqu'il venait à Paris, l'a connue. — Elle était, malgré tout, une ruelle bruyante et mal famée ; pour quelques étudiants riches qui assistaient aux cours, pour quelques « caméristes » qui travaillaient sous la direction des pédagogues et prenaient pension dans le collège même, combien d'écoliers étaient de vrais mendiants, des vagabonds couchant en plein air et se repaissant d'épluchures ! Ces gens, qui se confondaient volontiers avec les voleurs dans les pauvres tavernes où l'on se grisait à bon compte, composaient cette armée de larrons et de clercs, de caïmans et de coupeurs de bourses, cette tourbe de la grande et de la petite flambe qui finissait, généralement, par être hébergée aux frais de la Ville, au pain et à l'eau, dans les caves de la prison voisine que le prévôt de Paris avait rebâtie, tout exprès pour elle, dans les cachots du Petit-Châtelet.

Et cependant cette rue si loquace et si fangeuse était la rue la plus comme il faut de la paroisse. On y trouvait les écoles de France, de Normandie, de Picardie, d'Angleterre, plus tard celle d'Allemagne ; en 1487, on y érigea une chapelle dédiée à la sainte Vierge, à saint Nicolas et à sainte Catherine, mais une chapelle close dont les portes ne s'ouvraient que lorsque l'Université tenait séance. Elle existait encore en 1781, convertie en amphithéâtre, mais la Faculté de médecine l'abandonna pour se transférer dans le monument situé au coin de la rue de la Bûcherie et de la rue d'Arras, nommée ensuite rue des Rats. L'étymologie de ce nom reste douteuse ; si l'on en croit Guillot,

La rue d'Aras
Où se nourrissent maints grands rats,

percée au XIIIe siècle sur le clos Mauvoisin, aurait été infestée par les fréquentes portées de ces rongeurs ; mais Guillot est un poète si médiocre qu'il est bien capable d'avoir ajouté le second vers pour fournir une rime au précédent. Quand un peu plus loin, il cite la rue Galande, il la qualifie de la sorte :

Où il n'y a ni forêt ni lande.

Comme il n'y en avait pas davantage dans les autres ruelles, cette remarque saugrenue indique bien que ce guide des « rues chaudes » chevillait de son mieux, écrivait n'importe quoi, pour versifier sa nomenclature qui, malgré tous ces remplissages, demeure exacte.

Quoi qu'il en soit, cette rue des Rats prit, en 1829, l'appellation de rue de l'Hôtel-Colbert, en souvenir de l'hôtel que Colbert y posséda et qui fut détruit par la trouée de la rue Monge. Réduite à presque rien, elle ne conserve plus qu'une maison vraiment bizarre, celle qui fait l'angle de la rue de la Bûcherie, désignée dans le quartier sous le nom de la « Tour ».

C'est là que résidait l'Académie de médecine dont je viens de parler ; des bribes d'inscriptions, des frontons, des colonnes d'ordre dorique et une salle aux croisées ogivales devenue un lavoir subsistent encore dans la cour du n° 15 de la rue de la Bûcherie. Il y a quelques années, ce domaine, peint en vert et coiffé d'une rotonde, était estampé d'un énorme chiffre, et les soirs d'été, sous l'œil vigilant d'une mégère, appelée la Chouette, des femmes sans âge, des Parques avec des faces grimées, des cheveux en brioche sur la tête et, dans des corsages évidés, des boulets mous, se penchaient sur le seuil ; et ça appelait. Ce clapier occupait l'ancien amphithéâtre de dissection ; la destination de cet immeuble avait, on le voit, à peine changé ; un étal de chairs défraîchies avait tout bonnement remplacé une boucherie de chairs mortes.

Cette industrie a disparu et actuellement la Tour s'est métamorphosée en un cabaret et en une auberge.

Pour en revenir à la rue de la Bûcherie, elle se traîne, après avoir dépassé la rue de l'Hôtel-Colbert, en deux lignes de tristes cassines dont les ouvertures brillent ainsi que des chatières sur des creux d'ombre.

L'une de ces bicoques, le n° 16, a pourtant plus avenante mine avec sa porte cochère badigeonnée de pain d'épice et carrelée de clous ; elle est l'ancienne maison dite de Notre-Dame, qui étendait jadis derrière sa façade, jusqu'aux rives de la Seine, des chantiers de bois.

Et cette rue finit par mourir dans le bas de la place Maubert, en mettant au monde une ruelle qui n'est pas née viable, la rue des Grands-Degrés, car elle se meurt à son tour, dès sa naissance, au coin du quai.

De tous ces embranchements qui partent de la rue de la Bûcherie, un seul, celui qui la rejoint à la rue Galande, la rue Saint-Julien-le-Pauvre, vaut qu'on s'y arrête. Elle est actuellement démolie tout d'un côté et elle ne garde, de l'autre, parmi les lupercales à dix sous de ses bouges, qu'une maison désignée par un n° 14 et dont le fronton, sculpté d'une Thémis, rappelle qu'elle fut, avant sa déchéance, l'hôtel seigneurial d'un magistrat, le sieur Isaac de Laffemas. Cette rue, qui n'est plus qu'une minable souillon, fut vraiment curieuse à visiter, au Moyen Age.

Elle servait d'étable à tout un troupeau de filles. Les maisons qui cernaient alors l'église, dont elle prit le nom, sont connues ; il y avait, au coin de la rue de la Bûcherie, la maison de l'Image de Notre-Dame, puis celles de la Granche, du Paon, de l'Écu de France, de l'Image de Saint-Julien, de la Nef d'argent, enfin celle des Chappeleiz, à l'angle de la rue Galande.

Qu'étaient ces bâtisses ? des hôtels particuliers ou des auberges ? La Taille de Paris ne contient aucun renseignement qui puisse nous fixer sur elles. Elle ne cite aucune hôtellerie et ne taxe que des barbiers, des regrattiers, des tonneliers, des fourbisseurs d'armes, des crieurs. Trois tavernes en tout dans la rue, payant un impôt variant de cinq à dix-huit sols. De son côté, Guillot est bref, il inhume la rue en deux vers :

Puis la rue Saint-Julien
Qui nous garde de mauvais lien.

Et il se tait également sur l'église.

Saint-Julien
Qui héberge les chrétiens,

dit, à son tour, l'anonyme qui rima, au XIIIe siècle, les moustiers de Paris, était invoqué pour trouver un bon gîte, et tout voyageur récitait en son honneur un Pater ou répétait l'oraison que nous ont conservée les Bollandistes :

« Dieu qui as rendu insigne par sa vertu hospitalière le Bienheureux Julien, ton pieux martyr, nous t'implorons, nous, tes serviteurs, pour que, par ses mérites et son intercession, tu daignes nous conduire vers un gîte convenable et qui plaise à ta divine majesté. »

Cette prière soulève de nombreuses controverses. Ces mots « ton pieux martyr » ne peuvent s'appliquer à saint Julien le Pauvre ou l'Hospitalier dont Flaubert a magnifiquement relaté la vie dans ses « Trois contes », car il n'a jamais été supplicié et s'est éteint plein d'ans et de bonnes œuvres en Notre-Seigneur.

D'aucuns pensent donc qu'il s'agit d'un autre Julien. Or l'Église compte une soixantaine de saints de ce nom ; cependant l'un d'eux, très révéré par nos pères, peut être choisi de préférence aux autres, saint Julien de Brioude, qui fut décapité dans cette ville, en 304, sous Dioclétien. Seulement, si celui-là est le vrai patron de ces lieux, plus rien ne s'explique, car il ne fut jamais invoqué contre les périls de la nuit et d'ailleurs cette attribution est formellement contredite par un très ancien bas-relief qui, après avoir longtemps figuré sur le portail d'entrée de l'église, fut incrusté dans la façade de la crémerie Alexandre, 42, rue Galande. Ce bas-relief, amusant par sa naïveté, représente saint Julien et sa femme, ramant sur un fleuve, tandis que le lépreux qu'ils ont recueilli se tient debout, dans la barque, la tête encapuchonnée et cerclée d'un nimbe. Or ce sujet ne se peut rapporter qu'à l'histoire de saint Julien le Pauvre, telle qu'elle nous est narrée par Jacques de Voragine et saint Antonin de Florence.

La vérité, c'est qu'il y a eu très probablement confusion entre les deux célicoles dont on a mélangé les vies, en assignant à saint Julien le Pauvre la mort sanglante subie par son homonyme de l'Auvergne. Maintenant, avant de visiter l'église même, nous allons noter brièvement, d'après une très substantielle monographie de M. Le Brun, les diverses aventures qui lui survinrent. Elle existait déjà en 507 et elle est, par conséquent, sinon la plus ancienne, au moins l'une des plus vieilles églises de Paris. Ruinée en 886 par les Normands, elle fut, dans les dernières années du XIIe siècle, rebâtie par les moines de Longpont et promue chapelle du prieuré qu'ils fondèrent. De ce cloître qui contint jusqu'à cinquante religieux, il ne reste aucun vestige et les quelques renseignements que l'on possède sur ses habitants concernent surtout d'interminables procès dont l'intérêt est aujourd'hui à peu, près nul ; ils finirent par se disperser au XVIIe siècle, quand leur prieuré et leur chapelle furent rattachés au service de l'Hôtel-Dieu, et le sanctuaire dans lequel s'étaient déjà tenues, au Moyen Age, les assemblées générales de l'Université, devint le siège de corporations telles que celle de Notre-Dame-des-Vertus, de confréries de couvreurs, de marchands de papier, de fondeurs. Puis la Révolution balaya le tout et l'église fut convertie en un dépôt de sel.

En 1805, l'Empereur la rendit à l'Hôtel-Dieu qui en fit sa chapelle des morts ; et, c'est là, dans cette petite nef, sous ces voûtes, que les religieuses Augustines, qui soignent toujours les malades de cet hôpital, ont, jusqu'en 1873, pris le voile et prononcé leurs vœux.

Elle fut enfin désaffectée, il y a une dizaine d'années, et, après être demeurée longtemps solitaire, elle a été réconciliée en 1888, et l'on y célèbre, depuis cette époque, la messe, selon le rite catholique grec.

IV

La cour au fond de laquelle s'élève l'église Saint-Julien-le-Pauvre est latrinière et informe ; des maisons sillonnées par des tuyaux de descente et des caisses rouillées de plombs, trouées de fenêtres rayées par des barreaux de fer, bosselées de cabinets rajoutés et qui font saillie sur leurs façades saurées par des ans accumulés de crasse, s'avancent en désordre au-dessus de la petite église, accroupie sur un fumier que picorent quelques poules. Une margelle bouchée de puits dort près de sa porte dont un vieillard sans grâce garde l'entrée.

Mais si l'on veut voir l'ensemble de l'église même, c'est dans la cour de la Maternité de l'Hôtel-Dieu, au coin de la rue de la Bûcherie, qu'il faut entrer. Là, elle s'étend de profil, minuscule parmi ce tas de masures géantes qui l'entourent.

Elle surgit à quelques pieds de terre, à peu près telle qu'elle fut réédifiée vers la fin du XIIe siècle. Sans doute, elle est bien démantelée et bien déchue. Sa flèche a été rasée et à la place de son portail du XIIIe siècle se dresse un portique percé d'un œil de bœuf et soutenu par des piles grecques ; ses verrières sont détruites, elle est coiffée d'une toque d'occasion, elle est hâve et vulgaire, elle est en loques. Vue de l'extérieur, elle ressemble à ces vieilles chapelles de campagne qui tiennent tout à la fois du castel en ruine et de la grange qu'on abandonne. Dans la cour où elle se cache, elle est flanquée, de chaque côté, comme de deux petites filles, de deux absides naines, et toutes les trois ont la même physionomie, sont également ridées et massives, en accord avec les taudis qui les environnent.

À l'intérieur, malgré sa chétive taille, elle demeure grave et encore jolie, avec ses deux absidioles qui contiennent, chacune, un autel voué l'un à la Vierge, l'autre jadis à saint Augustin et maintenant à saint Joseph ; elle se peut diviser en deux parties : en une nef fruste et trapue, plantée de lourdes colonnes supportant des arcs en plein cintre, et en un chœur où surgissent de bas piliers dont les chapiteaux sont des touffes contournées d'acanthe, des bouquets tressés avec les souples feuillages de la flore d'eau, des têtes de femmes écloses dans des nids d'ailes. L'allure de caveau roman qu'elle arbore dès son entrée disparait avec le chœur dont les fûts soutiennent des ogives qui percent de leurs fers de lance les murs que longent des faisceaux de colonnettes aux tiges recourbées, rejointes et scellées sous la courbe des plafonds par des clefs ouvragées de voûte.

Elle renferme, entre autres monuments, une assez lamentable statue de M. de Montyon, l'homme au prix de vertu, un bas-relief représentant « sage maistre Henry Rousseau, jadis advocat en Parlement » et provenant de l'ancienne chapelle de Saint-Blaise et Saint-Louis, enfin un tombeau où sont inhumés les restes de Julien de Ravalet et de la belle Marguerite, sa sœur.

Ce nom de Ravalet, qui n'évoque plus maintenant de souvenirs précis, fut celui d'une famille célèbre par la lignée de ses crimes, au Moyen Age ; de même que Gilles de Rais, ces seigneurs furent la terreur des paysans des alentours. À cent lieues à la ronde de leur château de Tourlaville, près de Cherbourg, les pauvres gens tremblaient quand quelqu'un se hasardait à parler d'eux. Ils étaient, en effet, d'abominables bandits. C'est un Ravalet qui, après avoir violé la fille d'un de ses vassaux, la planta, en terre, debout, dans un jeu de quilles, et la tua à coups de boules ; c'est encore un Ravalet qui assassina, pendant la messe, un prêtre. Quant au dernier de cette race, Julien, il s'éprit de sa sœur Marguerite et tous deux promulguèrent, sans honte, dans toute la Normandie, la joie diabolique des incestes. Ils finirent par être exécutés, l'un et l'autre, à Paris, le 2 décembre 1603, en place de Grève et leurs cadavres furent déposés dans ce sanctuaire de Saint-Julien où leurs têtes se trouvent encore.

Pour en revenir à l'église même, son abside était charmante, avant qu'on eût permis à des archimandrites venus de l'Orient de la gâcher. Au travers des vitres blanches, l'on apercevait un arbre qui remuait et ajoutait le réseau mouvant mouvant de ses branches aux treillis en plomb des vitres, et des oiseaux sautillaient derrière la grille de cette cage d'air. Aujourd'hui, cette volière est bouchée par un iconostase bâti avec des essences renommées de bois, car il entre, paraît-il, dans la marqueterie de cet affreux meuble, du figuier et de l'olivier, de l'abricotier et du chêne, du palissandre et du bois de rose, le tout enlaidi par des peintures semblables aux chromos d'un bazar pieux, creusé dans le bas par trois portes, surmonté, à son sommet, d'une croix peinte et de deux gigantesques pastilles contenant des portraits de sainte Marie et de saint Jean plaqués sur des pâtes d'or.

Cet écran ne laisse plus rien voir du fond de l'église, car ses portes sont voilées par d'horribles rideaux pareils à de vieux châles de cachemire sur lesquels il aurait longuement plu ; il faut donc les lever pour apercevoir un autel garni de fleurs de cuivre et de roses artificielles placées sous globe, comme l'on n'en voit plus que sur les cheminées d'auberges, en province.

Ce que cette pâtisserie montée est laide et miteuse et ce qu'elle est de mauvais goût ! C'est triste à dire, mais l'impression que l'on éprouve devant ce décor qui coupe en deux l'église, c'est une impression de petit théâtre en plein vent, de baraque foraine, de scène improvisée dont la table de communion forme la rampe. L'on s'en veut d'évoquer dans un sanctuaire de telles images, mais elles sont si justes et si confirmées par les incessantes allées et venues des ministres orientaux, s'avançant du fond de la scène, pendant la messe, pour parler au public, devant la rampe, qu'elles s'attestent, qu'elles s'imposent.

Et tandis que l'on se vitupère, six adolescents à profils de béliers, coiffés de cheveux en laine noire, entrent et s'installent dans l'espace compris entre la barre eucharistique et la clôture ; ce sont les élèves de l'École Saint-Jean-Chrysostome qui vont faire office de maîtrise.

Le prêtre et le diacre se sont revêtus des costumes sacerdotaux, — l'un est accoutré d'une chasuble blanche brodée d'or et il a sur la tête un boisseau noir et un voile ; l'autre est affublé d'une robe d'un bleu dur et cassant, également brodée d'or ; des enfants de chœur habillés d'un azur défraîchi circulent derrière les trois portes de l'iconostase dont les rideaux viennent d'être tirés, — et, tout de suite, si l'on tient compte du Propre du Temps, l'on constate que les Grecs ignorent le symbolisme des couleurs, qu'ils usent indifféremment du blanc, du rose, du bleu, de n'importe quel ton, car ils ne décèlent pour eux aucun sens.

Et pourtant, elle est admirable au point de vue de l'expression symbolique, la liturgie de saint Jean Chrysostome ! Ses adjurations, ses prières sont, en quelque sorte, un développement poétique des nôtres. La messe grecque a, par suite de la part très spéciale que le diacre y prend, en rappelant au prêtre qu'il assiste la grandeur de chacun des actes qu'il se propose d'accomplir, en avertissant et en tenant, ainsi qu'un chien de garde, l'attention du troupeau des fidèles en haleine, un côté de familiarité et d'expansion et aussi une allure et une vivacité dramatiques que le rite romain ignore. Cette messe dialoguée est donc très belle, mais... il faudrait l'entendre dans un autre milieu ; elle exige évidemment une certaine pompe, et des comparses autres que ceux qui évoluent dans cette pauvre église ; il conviendrait aussi de l'entendre chantée et non glapie par des voix qui simulent un bruit de verrous qu'on déclanche dès qu'elles s'ouvrent ; il serait enfin nécessaire de s'habituer à ces mélopées caillouteuses, à cette langue dont certains mots semblent frappés avec des cymbales, à ces oraisons broyées par des bouches du Midi, et qui n'épandent pour nous aucun arome.

Mais venons-en à la messe même. Avant qu'elle ne commence, le prêtre et le diacre se dirigent vers un petit autel, tendu de bleu, et qui est posé à la gauche du grand autel. Là est préparé le pain levé au milieu duquel sont dessinées une hostie et une croix ; et le prêtre, avec un instrument qui figure la sainte lance, découpe l'hostie et la place sur une patène, la croûte en dessous et la mie en l'air ; elle rappelle ainsi l'agneau pascal tué, rôti, et couché sur le dos ; puis le diacre verse dans le calice de l'eau et du vin, le prêtre les bénit et dispose quelques parcelles du pain qui reste, sur la patène, en l'honneur de la Vierge et des saints ; ensuite il encense l'astérisque, une petite étoile de vermeil dont les tiges se recourbent et permettent au voile que l'on étend dessus de ne pas toucher au pain ; enfin il encense la table du sacrifice, le chœur, l'iconostase, les fidèles, toute l'église.

Ce petit autel, appelé prothèse, est l'image de la crèche de Bethléem, comme le grand autel est le symbole du gibet et du tombeau du Christ. L'un est le prélude de l'autre ; la mission du Verbe débute à la prothèse et s'achève sur le grand autel ; de son côté, l'astérisque complète l'allégorie de la crèche, car elle est l'étoile qui s'arrêta au-dessus du berceau du Nouveau-Né.

En somme, ces préparatifs et les prières qui les accompagnent correspondent à l'Offertoire de notre messe ; seulement, au lieu de venir, de même que dans la liturgie latine, après le Credo, ils précèdent le sacrifice, dans le rite grec.

Cela fait, les deux messes se suivent, sans trop de différences. Revenu au maître-autel, le célébrant récite une grande Collecte qui se peut comparer à l'exorde de nos messes du samedi saint et du samedi, veille de la Pentecôte. Il implore le Seigneur pour la paix du monde, pour l'Église, pour l'abondance des fruits de la terre, pour les voyageurs et les malades, pour le clergé, pour le peuple, et à chacune de ces invocations le chœur répond par le chant du Kyrie Eleison. Trois antiennes, au lieu d'une seule que possède la rubrique romaine, se succèdent ; — puis, après l'Introït, le chœur chante le Trisagion tel qu'il est conservé dans notre Église, le jour du vendredi saint ; on lit l'Épître, l'on prononce l'Alleluia et son verset, et précédé des acolytes, des enfants vêtus de bleu et tenant des cierges, d'un autre levant une croix à la hampe de laquelle pend un drapeau blanc, le diacre s'avance hors de l'iconostase, sur le bord de la scène, et lit l'Évangile, dans des fumées d'encens. Après ce récit, la messe latine et la messe grecque ne correspondent plus exactement, car il intervient, dans la liturgie de l'Orient, de longues suppliques dialoguées entre le diacre et le chœur qui réplique à chaque prière par des Kyrie. Ensuite, l'on entonne un hymne superbe, l'hymne des Chérubins, — et la procession qui escortait tout à l'heure les évangiles se reforme et bannière en tête va chercher, sur la prothèse, les matières en attente du Sacrement. Le prêtre les dépose sur le maître-autel et explique lui-même, par une prière, le sens de cette translation. Lui et le diacre représentent Joseph d'Arimathie et Nicodème portant le corps de Jésus dans le tombeau, puis il place sur les deux apparences le voile qui est la pierre du sépulcre, et l'encense pour rappeler les parfums des saintes femmes ; — les rideaux de la clôture se ferment et les Kyrie

Eleison reprennent. Alors vient le Credo, rejeté assez loin, on le voit, dans l'office et précédant directement la Préface ; le chœur chante le Sanctus. — Et maintenant nous ne voyons plus rien ; l'écran nous cache le prêtre qui consacre et le diacre qui le sert ; les prières de la messe de saint Jean Chrysostome se rapprochent de plus en plus désormais de celles de la messe latine dont parfois elle intervertit simplement l'ordre. Et soudain dans le silence de l'église de Saint-Julien-le-Pauvre, les jeunes gens de la maîtrise qui se taisaient, recueillis, se prosternent, puis se tiennent à la queue-leu-leu, debout.

Le voile de la porte du milieu de l'iconostase s'ouvre et le prêtre s'avance et les communie. Ils retournent à leur place et le sacrifice se termine, après de nouveaux Kyrie Eleison, sur la bénédiction du prêtre.

Si nous essayons de résumer les différences existant entre cette messe et la nôtre, nous trouvons ceci : l'office grec déplace l'Offertoire et le substitue à notre Confession qu'il supprime ; il a, lui aussi, l'introït, le Kyrie Eleison, — pas le Gloria in excelsis qu'il ne chante qu'à la fin de ses Laudes, — la Collecte, l'Épître, l'Évangile, le Credo, la Préface, le Memento des vivants et des morts qu'il réunit en un seul, le Pater, les prières de la Communion et de la Postcommunion ; les oraisons qu'il intercale entre ces parties sont pour la plupart des adjurations implorantes, des Kyrie et comme elles reviennent sans trêve de même que les encensements, les visiteurs peu au courant de cette liturgie emportent, de l'église Saint-Julien-le-Pauvre, la vision d'un prêtre et d'un diacre à barbes noires, conversant avec de grands gestes sur une scène, passant à travers les portes d'un décor, tandis que l'on crie des Kyrie Eleison dans des flots d'encens.

À noter aussi que les trois oraisons de la messe latine après la communion sont contenues en une seule dans le rite grec et celle-là est une merveille de reconnaissance et d'humilité, de tendre espoir. Devant l'extraordinaire beauté de telles supliques, l'on voudrait échapper à la hantise foraine de ce milieu, réprouver cette idée, qui vous obsède devant la mesquinerie de ce spectacle, que la messe ainsi célébrée est une messe restée dans sa gangue, une messe non taillée et non sertie dans une monture, mais un détail vraiment douloureux pour un croyant achève de vous consterner, de vous réduire, celui de la communion sous les deux espèces.

Cette façon, en effet, après avoir fouillé dans le calice où l'apparence du pain fermenté se détrempe, de communier des gens debout, à la suite, avec une cuillère qu'on n'essuie pas, a vraiment quelque chose de pénible et de choquant et l'on aurait envie de s'indigner, si l'on ne savait que ce mode est orthodoxe et prescrit pour toutes les Églises de l'Orient. En tout cas, l'on admire plus encore le tact et la sagesse de l'Église latine, interdisant l'Eucharistie sous les deux formes aux fidèles et ne leur servant devant une blanche nappe, le corps et le sang de Notre-Seigneur que sous l'aspect très pur d'un léger azyme.

Enfin, une fois sorti de Saint-Julien-le-Pauvre et retombé dans le dédale de ses vieilles rues, l'on se dit que ces mœurs n'ont dans ce quartier aucun sens. Cette intrusion du Levant dans la paroisse de Saint-Séverin est absurde ; elle est en désaccord absolu avec les alentours. Qu'on transfère, si l'on veut, le culte grec dans les rues habitées, de l'autre côté de l'eau, par les rastas, mais que l'on fasse de l'antique chapelle de Saint-Julien, qui prie depuis sa naissance pour les pauvres de Paris, la chapelle ouverte d'un cloître ; elle en a et la physionomie et la taille. On la voit très bien rendue aux Augustines de l'Hôtel-Dieu ou concédée à celui des ordres qui est spécialement chargé de soigner et d'évangéliser le peuple, aux Franciscains ; elle aurait alors sa raison d'être et vivrait, au lieu de moribonder devant les quatre pelés et le tondu qui y entrent, le dimanche, et, effarés par les bêlements de jeunes hommes à têtes de moutons noirs, finissent généralement, sans attendre que la cérémonie se termine, par déguerpir.

V

Jadis le quartier Saint-Séverin s'usait, en projetant comme au travers des boyaux comprimés de ses sentes la dernière nappe de ses boues sur la place Maubert, la Maub, ainsi que l'appellent ses malandrins. Elle figure sur le plan gravé en 1552 par Olivier Truschet et Germain Hoyau, avec un petit pendu qui se balance au fil d'un joli gibet. Et le fait est que, pendant tout le Moyen Age, on y roua, on y pendit, on y brûla les gens et que la besogne des tortionnaires ne chôma point. Au lieu de l'ancien pilori, se dresse maintenant la ridicule statue d'un glorieux bardache, le libraire philosophe Dolet. Il regarde par-dessus un bureau d'omnibus le marché sur l'emplacement duquel s'élevait autrefois le couvent des Carmes et il tourne le dos à une formidable boutique de marchand de vins, un comptoir immense, muni de cucurbites, de viscères de métal blanc, de muids, de monte-charges, de toute une série d'appareils qui font de ce magasin en rotonde une chambre de chauffe. De même que dans les autres assommoirs de la paroisse, les apéritifs et les cafés renforcés d'un petit verre valent quinze centimes, et cette usine à saouleries ne se vide pas. J'ai goûté à l'épouvantable barèges de ces absinthes et aux feux mal dorés de ces trois-six et, je l'assure, c'est étonnant.

Cet assommoir est situé à l'avant de ce colossal îlot de maisons qui tient un côté de la rue Lagrange et qui paraît n'être formé que par une seule et même bâtisse, et vraiment cet îlot de briques et de pierres est symbolique. On dirait d'un navire à l'ancre, prêt à cingler vers les escales de la démence et du crime, embarquant les poivrots et les grinches à destination de la Roquette ou de Bicêtre.

Au reste, cette rue Lagrange est stupéfiante. Aucun boulevard de Paris n'est construit avec plus d'injurieux éclat et de faux luxe ; ses maisons affectent des attitudes Renaissance ; elles sont chamarrées d'ornements de camelote, garnies, du haut en bas, de verrières, de bow-windows, de balcons à consoles ; elles ressemblent à des cabotines parées de verroteries, égarées dans un camp de galériennes.

Elles ont un air de suffisance et de défi qui justifierait le pillage des hordes voisines qu'elles décimèrent, la haine des vieux repaires qui les entourent.

Quant à la place même, si elle n'est plus agrémentée par des potences et fréquentée par des condamnés et des bourreaux, elle est actuellement occupée par des souteneurs qui devisent et fument comme de bons rentiers pendant le jour, et aussi par des négociants en mégots qui portent des musettes de soldat, en toile, sur des habits teints avec le jus délayé des macadams ; presque tous ont des barbes en mousse de pot-au-feu répandues autour de figures cuites ; presque tous sont d'opiniâtres pochards connus sous le nom des premiers métiers qu'ils exercèrent ; le Notaire est un clerc qui a fini de grossoyer à Mazas, le Zouave est un ancien troupier mûri par les sels de cuivre des absinthes. La plupart sont des déclassés, vivant au jour le jour, du hasard des cueilles. Ils vendent deux catégories de marchandises : le tabac gros, c'est-à-dire les résidus de cigares et les fonds de pipes, et le tabac fin qu'ils fabriquent avec des bouts de cigarettes débarrassées de leurs papiers et de leurs cendres. Le tabac gros vaut de un franc à un franc vingt-cinq centimes ; le fin, de un franc cinquante à un franc soixante-quinze la livre ; les acheteurs ne manquent pas, mais il faut croire que les profits quotidiens sont nuls ou qu'ils sont trop diligemment absorbés par les plus rapaces des zincs, car presque aucun de ces commerçants ne sait où il couchera le soir.

Cette question du lit est d'ailleurs celle qui est la plus difficile à résoudre pour les miséreux de ce quartier. La nourriture, on peut s'en tirer encore, puisque, moyennant quatre sous, l'on se repaît avec les carnes rajeunies de la rue de Bièvre ; mais le dortoir, c'est autre chose !

Les hôtels sont tenus par des logeurs originaires de l'Auvergne, et dont la cupidité est effroyable. Le prix de leurs chambrées est celui-ci :

Un franc pour la première nuit et quarante centimes pour celles qui suivent. On paie, bien entendu, d'avance et l'on ajoute vingt sous, si l'on veut s'allonger sur un drap blanc.

Il en est partout ainsi, dans la rue Saint-Séverin, dans la rue Galande, dans la rue de la Huchette, dans la rue Boutebrie, sauf cependant dans la rue Maître-Albert, la plus accessible aux indigents.

Là, dans l'hôtel de l'Aveyron qu'on aperçoit du coin de la place, l'on n'exige que soixante centimes pour la première nuit, et, pour celles qui lui succèdent, trente.

Mais il faut avoir vu ces chambrées dont quelques-unes renferment jusqu'à quatorze grabats dans un réduit privé d'air, pour se figurer la cherté et l'horreur de ces refuges. Pour tout meuble, des couchettes avariées et des linges pourris, une cuvette de zinc qui sert aux ablutions, un broc, un seau pour les urines ; pas de chaises, pas de tables de nuit, pas de savon, pas de serviette ; sur le mur, l'ordre affiché de laisser la clef sur la porte ; cette mesure a pour but de faciliter les recherches de la police qui souvent jaillit, avant l'aube, dans ces bouges. Le commissaire entre ; ses agents empoignent par les cheveux ceux qui dorment, les dévisagent, à la lueur d'une lanterne, leur rejettent la tête sur le sac, s'ils ne les reconnaissent pas, lèvent vivement ceux qui leur sont signalés ou qui leur semblent pouvoir être de bonne prise, les charrient dans les escaliers et les passent à tabac, s'ils regimbent.

S'il n'y avait encore que des réveils comme ceux-là ! me racontait un triste mendiant, habitué de ces asiles ; mais il faut aussi veiller sur ses hardes, cacher, si l'on se déshabille, sous son traversin, sa culotte, ne pas surtout quitter ses savates, car, le lendemain matin, l'on se trouverait dévalisé par ses compagnons, partis avant le jour.

Inutile d'ajouter que, dans ces ménageries, la vermine grouille.

— Que ça fait ? Vous avez donc une peau à la rose, vieux daim ! disait, devant moi, une effrayante mégère à un pauvre vieux qui se plaignait d'être dévoré par les mousquetaires gris depuis qu'il couchait dans ces chambres.

Si le sort des indigents en quête d'un gîte est inenviable, celui des garçons chargés d'assurer le service de ces abris ne l'est pas moins. Ils sont nourris, logés, blanchis et ils touchent une mensualité de quarante francs ; mais ils ont parfois cent lits à remuer. Couchés à trois heures du matin, ils doivent être debout à cinq, porter la lessive, fabriquer le gros ouvrage, seconder la police, se colleter avec les ivrognes, mener une vie de fatigue qui anémie des hercules en quelques mois.

En somme, comme je viens de le dire, la rue la plus indulgente aux purotins, c'est la rue Maître-Albert où le garni exploité par la mère Lafon, est, au point de vue du prix, le plus doux. À part ce détail, cette rue, qui s'appela naguère rue Perdue, puis rue Saint-Michel, en souvenir du collège placé sous le vocable de ce saint, puis enfin rue Maître-Albert, — ce Dominicain y aurait, paraît-il, autrefois professé, — est une rue noire et humide empestée par ce relent d'eau de chou-fleur que soufflent les vieux plombs. Elle détient la seule métairie de la paroisse, depuis que les femmes en chartre de la rue de l'Hôtel-Colbert ont disparu ; là, ce ne sont plus des Parques qui baguenaudent, mais des laveuses échappées à leur vaisselle qu'on aperçoit, dans une poussée de porte, vêtues comme de monstrueux bébés, avec des cheveux roulés en coquilles d'escargot sur l'occiput et taillés en dents de peignes sur le front. Pas très loin, et parallèlement à ce réchaud, s'ouvre l'impasse Maubert, jadis appelée cul-de-sac d'Amboise parce que cette allée avait été percée dans les terrains occupés par l'hôtel de ce nom. Cette impasse renfermait, il y a quelques années, un tapis-franc où l'on buvait et dormait jusqu'à deux heures du matin, ainsi que dans le Château-Rouge de la rue Galande, mais il fut fermé à la suite d'une série de meurtres ; l'endroit était d'ailleurs privilégié, car il avait servi, au XVIIIe siècle, d'officine à trois empoisonneuses que l'on découvrit, un matin, asphyxiées par les exhalaisons des drogues en train de cuire sur leurs fourneaux.

Avec la place Maubert, son impasse et la rue Maître-Albert, nous touchons à l'ancien monastère des Bernardins qui limitait l'étendue de cette paroisse.

Ce cloître tenait tout l'espace compris entre la rue actuelle des Bernardins, le quai de la Tournelle, la rue Saint-Victor, et la rue du Cardinal-Lemoine ; il apparaît, immense, sur le plan de Turgot, mais dans l'espace qu'il enserre figurent des maisons habitées par des particuliers, un sanctuaire et un collège : d'abord, au coin du quai, l'hôtel de Bar, devenu hôtel de Nesmond, puis converti au XVIIe siècle en un couvent de Miramiones ; ensuite, et également sur le quai, l'hôtel du président Rolland ; ces deux immeubles existent encore ; l'un est une distillerie, l'autre est la pharmacie centrale des hôpitaux ; puis, d'un autre côté, l'église Saint-Nicolas-du-Chardonnet, bâtie sur un clos connu par l'abondance de ses chardons ; enfin, en vis-à-vis, à l'autre bout, le collège du Cardinal-Lemoine, fondé en 1303 par le prélat de ce nom. On a dans ces dernières années percé sur cet emplacement le boulevard Saint-Germain qui longe l'église Saint-Nicolas, la rue de Pontoise et la rue de Poissy qui détient encore quelques vestiges de l'ancien monastère. Il renfermait, en dehors du couvent proprement dit, une église et un collège. L'église datait du commencement du XIVe siècle ; elle avait trois nefs et un surprenant escalier en pas de vis double dont les rampes se déroulaient en hélices, montaient alternativement l'une sur l'autre, si bien que deux personnes pouvaient passer en même temps dans cet escalier sans se rencontrer.

Dans son tome Ier des « Antiquités de Paris », Sauval dit que cette église était « un excellent morceau d'architecture gothique, de la plus belle, de la plus grande manière », et il ajoute : « C'est un bâtiment tout en l'air. »

Que reste-t-il de ce sanctuaire, de son cloître et de son collège ? Presque rien : un mur dans une cave, un cellier loué par un marchand de bouteilles, des salles gâchées, divisées par des cloisons en de misérables pièces.

Ces constructions servirent, en 1792, de dépôt de forçats, puis devinrent magasins à farine, resserres à huiles pour quinquets, école communale, rebut d'archives, enfin caserne de pompiers.

Le collège des Bernardins fut autrefois célèbre. On y piochait la théologie de six heures du matin à neuf heures du soir et les élèves devaient argumenter en latin et prendre des notes. Les exercices religieux y étaient durs et répétés et la nourriture brève. D'après les règles édictées en 1495 par Jean de Dijon, supérieur général de Cîteaux, tout le monde devait assister aux matines, à la messe, aux vêpres et aux complies.

« Les matines seront sonnées, dit le règlement, l'hiver, à quatre heures du matin et, l'été, à trois, et le coucher aura lieu à l'heure du couvre-feu de Notre-Dame. »

Le vivre était tel : du pain, une chopine de piquette, une demi-livre de bouilli, les jours gras, et deux harengs grillés ou deux œufs à la coque, les jours maigres.

Comme on le voit, les écoliers ne s'alimentaient guère mieux que les va-nu-pieds de notre temps ; leurs mœurs n'étaient sans doute pas beaucoup plus fraîches que celles de ces gens, car le règlement indique certains cas dont l'absolution est réservée au père abbé, et au nombre de ces cas figurent : la fréquentation des maisons mal famées et le vin bu en cachette au dortoir.

Quant au couvent, il ne paraît pas non plus que l'on y ait bien ardemment pratiqué le carême des sens, car, sur l'ordre du pape Innocent VIII, une assemblée des abbés de l'ordre se réunit, en 1493, dans ses salles, et décréta qu'il serait désormais interdit d'introduire des femmes dans le monastère, sauf de très vieilles femmes chargées des soins de la basse-cour et du bétail. Défense fut faite aussi aux moines de fréquenter les cabarets et de coucher sur des lits de plume.

Ce cloître qui devint, pendant la Révolution, le bureau du receveur des domaines, puis disparut, était d'ailleurs, à cette époque, quasi vide. Il n'y demeurait plus que six religieux, un procureur, un sous-prieur et un sacristain. Pour achever de le laïciser, les sans-culottes y conduisirent et y massacrèrent, en 1792, tous les prêtres de la paroisse.

VI

Dans l'échelle des rues qui mènent à la lisière du quartier, nous avons suivi le premier bras couché le long de la Seine et dessiné par les rues de la Huchette et de la Bûcherie, emmanchées d'échelons figurés par les rues de Saint-Julien-le-Pauvre, du Fouarre, de l'hôtel-Colbert ; nous sommes arrivés au haut de l'échelle, à la place Maubert ; nous allons maintenant suivre, en sens inverse, l'autre bras tracé par les rues Galande et Saint-Séverin, pour regagner le boulevard Saint-Michel d'où nous sommes partis.

La rue Galande, qui est parallèle à la rue de la Bûcherie, comme la rue Saint-Séverin l'est à la rue de la Huchette, fut percée en 1202 sur un clos de vignes dépendant de la seigneurie de Garlande ou de Gallande, une illustre famille qui a fourni, au XIIe siècle, un sénéchal de France, un prévôt de Paris et un évêque.

Cette rue renfermait un certain nombre d'hôtels où séjournèrent sans doute les étudiants ; c'étaient, presque au coin de la rue du Fouarre, la maison de la Heuze et de Saint-Julien, puis les maisons des Lions, des Cygnes, du Cheval rouge, celle de la Hure séparée de la précédente par un passage accédant à une chapelle de Saint-Blaise et SaintLouis, séparée de l'église de Saint-Julien-le-Pauvre par un jardin et démolie, après avoir servi de chapelle à la corporation des charpentiers et des maçons, vers la fin du dernier siècle, en 1765, je crois. Une arcade à moulures existe encore, aveuglée par un mur, dans le magasin de cuirs du numéro 48.

Presque toutes ces maisons ont été rebâties à la même place. Le 42, par exemple, dont le rez-de-chaussée est loué par un restaurant, est l'ancienne maison de la Heuze et de Saint-Julien.

D'autres encore étaient jadis désignées par une série d'enseignes bizarres ; le Lièvre cornu, le Soufflet, les Trois Canettes, la Cuiller, le Cheval noir, l'Homme sauvage, des enseignes que l'on retrouve en province, sans qu'on puisse, la plupart du temps, connaître l'origine de ces sobriquets et en deviner le sens.

Quant à la Taille de Paris, elle ne nous apporte aucun renseignement sur ces auberges ; c'est à peine si quelques tenanciers sont inscrits sur ses listes ; par contre, on y relève les états les plus divers, ce qui prouve que cette rue n'était pas, comme tant d'autres au Moyen Age, exclusivement habitée par des gens exerçant une seule et même profession. Parmi ces commerçants, l'on note des noms savoureux, tels que ceux de Willemoule qui vend le miel, de Sédile la coiffière, de dames Jehanne et Perronèle la Frisonne, de maître Thomas le citoléeur (luthier), d'Aalis l'ymaginière, de Huitace l'oubloier.

Ajoutons que, dans cette rue, à un endroit imprécis, s'étendait un cimetière pour les juifs qui s'étaient établis en grand nombre rue de la Harpe et dans les bicoques couvrant, non loin de là, la Seine, de chaque côté du Petit-Pont. En ces logis, situés entre le ciel et l'eau, résidaient Abraham, Haquin marc-d'argent, Senior du pont, Souni, le fils d'Abraham le Long, Lyon et sa femme, d'autres de même race, tous usuriers de pères en fils, pressurant les chrétiens dans la gêne.

Au XVIIIe siècle, les maisons de la rue Galande appartinrent à des gens de la noblesse et à des gens de robe. Lefeuve signale, en effet, parmi ses habitants, un maître des comptes, un doyen de la Faculté de Picardie, le président Lamoignon, des seigneurs de Lesseville, maître des Requêtes ; de Rubelles, membre de la Cour des Aides.

Les cabaretiers et les gueux les ont remplacés dans leurs hôtels. Déjà, à la fin du dernier siècle, la rue s'encanaillait ; des troupes de gargotiers avaient ouvert sur les trottoirs des boutiques ; elles y sont encore, car ils foisonnent dans cette sente, les marchands de moules cuites, les frituriers de poissons et de pommes, les regrattiers qui étalent, en plein vent, sur des rebords d'échoppes, des terrines de betteraves et de choux rouges confits dans le vinaigre, des tranches de bœuf, des rouelles de boudins froids.

Cette rue est une de celles qui ont le moins souffert des soi-disant embellissements infligés à notre ville. De son point de départ, de la place Maubert, jusqu'à la rue du Fouarre, elle a bien été jetée bas tout d'un côté et vingt numéros manquent ; mais à partir de cette dernière rue elle chemine presque intacte jusqu'à sa fin. De très antiques masures subsistent. Le 29, occupé par un débit de papeterie religieuse et de vitres ; le 31, par un marchand de crépins et de cuirs, ont conservé leurs vieux toits à pignons soutenus par des consoles sculptées de bois ; le 57, l'ancienne maison de la Bannière de France, dans la première cour duquel s'enfonce le terrier du Château-Rouge, a gardé son aspect du XVIe siècle, avec ses fenêtres qui dansent, devant la porte sang-de-bœuf du bouge, un délicieux guingois. Si elle intéresse par cette physionomie maintenue d'antan, la rue Galande attire aussi par l'horrible vie qui l'anime, car elle est le permanent rendez-vous des vagabonds et des filles.

Elle est à peine sortie de la place Maubert qu'elle procrée une ruelle que le passage du boulevard Saint-Germain a réduite, la rue des Anglais, ainsi nommée parce que les écoliers de cette nation, qui possédaient un collège rue du Fouarre, y avaient installé leur résidence. Elle fut encore, si nous en croyons la « Description de la ville de Paris au XVe siècle », par Guillebert de Metz, le quartier général des couteliers.

Aujourd'hui elle n'a plus aucun caractère et elle ne vaudrait même pas qu'on la citât, si elle ne détenait un réceptacle pour gobe-mouches du banditisme, le cabaret du Père Lunette.

Cet endroit, tant de fois décrit, avec sa devanture écarlate et ses besicles de bois pour enseigne, n'est plus qu'un décor dont les figurants sont de simples poivrots à l'affût du bienfaisant étranger qui leur distribuera du tabac et leur paiera un verre de vin, de vulnéraire, comme ils disent. La salle meublée de tables, de bancs et de tonnes, a des murs décorés de peintures saoules : une femme sans chemise posée sur un dos de poisson et à laquelle on tend une cuvette, puis Cassagnac qui la contemple, Gambetta dont l'œil foudroie avec des jets de lanterne, Plon-Plon les chausses défaites, Louise Michel, tout un ambigu de célébrités un peu rances. Un poète s'efforce d'expliquer en un baragouin de ruisseau les beautés de ces fresques et un musicien les braille, en grattant le bedon d'une guitare, — ce, après quoi, l'un et l'autre quémandent de la vinasse et des sous. Pour clientèle dans cette petite salle, tannée par la suie des pipes, de jeunes voyous aux yeux vernis et aux lèvres blêmes, de minables filles coiffées de fanchons et chaussées de galoches et surtout un amas de vieilles drogues sur les crânes à clairière desquelles courent des chenilles de cheveux blancs. Soufflées par l'alcool, elles bombent des joues de percaline rose, rayées de rides comblées par des ans de crasse ; elles ont quelque chose de la poupée de carton des enfants pauvres, avec ce teint enluminé et ces traits charbonnés avec un fusain qui s'écrase. Mais quelles poupées sordides ! quels misérables jouets jetés dans un rebut de hardes qui sentent ! Elles gisent, avachies, la tête sur la table, mais l'œil vit, implorant et féroce, ne quittant pas le verre que vous ne buvez point, avançant avec précaution, telles que des chattes, la patte pour s'en emparer, puis la retirant, finissant par demeurer peureusement légales ; et, alors, il sort d'une bouche démolie une voix sourde, lointaine, qui grommelle : « Donne-le-moi, Monsieur, dis ! » — et vous avez à peine acquiescé d'un signe que le verre est bu et que la vieille, apaisée pour quelques minutes, se tait. D'autres se grattent ou s'invectivent dans une langue de bagne, tandis que les jeunes voyous les excitent. Mais ce ne sont là que des querelles sans portée, des amusettes de grand'mères et d'enfants, des liesses familiales. Il y a de tout, dans ce cabaret dont le plancher est un pavé de rue, de tout, sauf de vrais bandits. Ces femmes sont d'impénitentes gouapes, et ces gens qui déclament et qui chantent, sont d'inaltérables pochards ; ils se régalent aux frais du passant et touchent encore d'autres profits, car ils cumulent le métier de souteneurs avec celui d'indicateurs de la police, de casseroles. On ne détrousse donc pas chez le Père Lunette les visiteurs ; on se borne à les exploiter et à leur laisser en échange des puces.

Quand on se chourine dans ce bouge, c'est entre soi ; on se saigne entre amis, mais ces scènes se font rares ; il faut généralement, pour qu'on s'assomme, qu'il y ait du sang de versé dans le quartier ; alors les fauves se réveillent chez ces brutes et chacun tire son os de mouton ou son surin ; l'assassinat commis dans un tapis franc se répercute dans les autres ; le sang qui fume engendre des larves ; elles trépident dans la boue remuée de ces âmes et sans cause apparente, dans toutes les étables de la paroisse, l'on se massacre.

Il y a de cela deux ou trois ans, ces carambolages de crimes se succédèrent pendant plus de huit jours. Une nuit, un forcené entra chez le Père Lunette, éventra avec un tranchet la petite Flore, l'une des malheureuses les moins répugnantes de ce lieu, se jeta sur la patronne qu'il défonça, tapa dans le tas de gens qui se précipitaient pour la secourir, blessa le chanteur, culbuta le garçon qui finit cependant par l'abattre en lui écrasant une carafe sur le front.

Ce sang répandu leva ; ce fut dans tous les bouges du quartier une moisson de meurtres. Une bande de cambrioleurs égorgea le servant, le bistro du Château-Rouge, tandis que Trolliet, le tenancier, tuait à coups de nerfs de bœuf deux des assaillants. En face, chez Alexandre, tous les habitués se ruèrent aussitôt les uns sur les autres, sans que l'on ait jamais su, au juste, pourquoi, — puis le sang sécha et ces folies cessèrent.

À part ces moments où le vent des batailles souffle, il n'y a, je l'ai dit, chez le Père Lunette qu'une réunion de méchants galopins et de mauvaises aïeules ; c'est, en somme, l'endroit du quartier le moins dangereux et le plus bête.

Celui où l'on pouvait risquer vraiment des horions, c'était cette crémerie Alexandre, de la rue Galande, devenue maintenant un restaurant ; c'était là que s'attroupaient de sérieux sacripants, au premier, dans une salle basse meublée de tables et de bancs. On y montait par un escalier en pas de vis, mais il était difficile d'y pénétrer, car, dès que l'on hasardait la tête, à son débouché, au ras du sol, tous se taisaient et quelques-uns s'approchaient, prêts, si l'on grimpait une marche de plus, à vous écrabouiller, à coups de souliers, la face. Par contre, dans la pièce du bas, la société était plus débonnaire et s'efforçait simplement de vous carotter des sous. Dans cette salle terne, malpropre, sans caractère, s'entassaient tous les genres de gueux. Des garçons de café sans ouvrage, reconnaissables aux restes gardés des rasures, des bohèmes hirsutes, avec des fils violets ondulant sous la peau détendue de leurs joues grises, des marchands de mégots avec leur bissac, des galefretiers, des chiffortonnes coiffées de marmottes et chaussées de socques, des traînées en cheveux, avec des bouches démantelées par les daviers des rixes ; et les uns dormaient, le dos contre le mur ; les autres, le buste aplati sur la table. Puis, subitement, la porte s'ouvrait, comme poussée par une rafale, et des camelots vendaient précipitamment, à des gens qui les attendaient sans doute, des ballots de chaussettes volées et, à la moindre alerte, c'était merveille de voir avec quelle rapidité les marchandises disparaissaient dans les poches ou sous les jupes.

Le patron, occupé à verser de l'absinthe et du vin, semblait ne rien voir et il fallait qu'il vît et qu'il dénonçât ses amis car la police n'eût pas toléré ce chenil s'il n'eût servi de souricière à ses agents.

Et quand on songe que c'est justement sur la façade de cette maison que s'est réfugié le bas-relief enlevé à l'église de Saint-Julien et représentant ce saint et sa femme passant, dans une barque, le Christ ! Saint Julien que l'on invoquait jadis pour trouver un bon gîte ! Il était joli, le gîte Alexandre ! Les chenapans qui s'y confiaient étaient trahis par leur hôte, lequel vivait, de son côté, sur ses gardes, s'attendant à recevoir, en échange de ses délations, un mauvais coup.

Mais il est juste de dire que si, au Moyen Age, le vieux saint protégeait les pauvres hères qui le priaient, contre les attaques des malandrins, il n'est pas tenu maintenant de préserver des malfaiteurs qui ne l'invoquent nullement du reste, des embûches des hôteliers et des rafles des cognes.

VII

L'on peut se demander vraiment pourquoi les galvaudeux, qui savent très bien que la maison Alexandre et que le Château-Rouge sont des traquenards, les fréquentent ; la vérité est qu'ils ne savent où aller ; partout on les épie et on les vend ; les mastroquets et les logeurs dépendent de la police et la secondent ; puis dans ce quartier Saint-Séverin, ainsi que dans les autres, du reste, la plupart des marchands de vin les rebutent par crainte des ennuis que suscite une semblable clientèle ; ils sont donc bien forcés de se rabattre sur les tapis-francs qui leur concèdent, seuls, d'ailleurs, pendant une partie de la nuit, un gîte, car, l'hiver, ils peuvent au moins y dormir au chaud, jusqu'à deux heures du matin, sous une table.

À ce point de vue, le Château-Rouge, connu aussi sous le nom de la Guillotine et situé au 57 de la rue Galande, est le lieu le plus clément aux escarpes et surtout aux purotins.

Son rez-de-chaussée se compose de trois pièces. La première, celle qui donne sur la cour, est immense ; elle est à peine éclairée, le soir ; la seconde est grande et le gaz y brûle furieusement ; la troisième est minuscule et toute noire ; des vagabonds somnolent dans la première ; des marlous et des scélérats jouent et boivent dans la seconde ; des gens ivre-morts dorment dans la troisième.

Il faut voir ce domaine de la dèche par un soir de neige ; on entre dans un four ; un énorme poêle de fonte, chargé jusqu'à la gueule, souffle dans l'immense pièce des trombes ; partout, dans cette salle, des tables et des bancs sur lesquels sont jetés des paquets de hardes ; cela n'a plus de forme humaine ; on cherche des têtes disparues dans des estomacs ou cachées sous des bras appuyés sur les tables ; cela bouge et est muet ; de temps à autre, quand la pièce voisine vacarme, un buste se dresse, l'on aperçoit dans l'ombre une face congestionnée par un mauvais somme qui regarde devant elle avec des yeux fous et retombe. Une odeur fade à faire vomir, une odeur qui est une sorte de mélange de panade, d'eau de javelle et d'ipéca s'évade de ces corps serrés sous leurs guenilles dans des collants de crasse.

Au bout de ce hall, devant la fenêtre, s'étend un long comptoir où trône le tenancier Pierre Trolliet, un géant habillé d'un tricot de laine, coiffé d'une calotte plantée de travers sur des cheveux qui frisent ; il mâche un cigare d'un sou, crache sec, hérisse une dure moustache sur une bouche piquée de bleu par des points de poudre. Il y a en lui d'un municipal formidable et d'un titanique chiourme. Derrière le comptoir s'alignent, à portée de sa main, deux nerfs de bœuf de calibre différent et dont il use suivant la gravité des cas, — et, depuis l'affaire de Gamahut qu'il dénonça, il a un revolver chargé dans un tiroir.

Cet homme mène la vie d'un dompteur qui risque, chaque jour, d'être mangé, car les haines accumulées sur lui sont terribles ; mais, aidé par des garçons qu'il trie parmi des lutteurs de profession, il mène sa ménaprie sans trop d'à-coups.

Cette ménagerie est à la fois sérieuse et ne l'est pas ; autrement dit, il y a, comme chez le père Lunette, toute une part de décor apte à allécher le public ; la salle où le montreur l'exhibe est au premier ; elle est, ainsi que celle du bas à laquelle la relie un large escalier, immense ; elle passe, à tort ou à raison, pour avoir été la chambre à coucher de Gabrielle d'Estrées et elle est désignée par ce nom : le Sénat ; c'est là que dorment les purotins ; moyennant un cinquième de vin de quinze centimes, ils peuvent ronfler jusqu'à deux heures, dérangés seulement par les allées et les venues des visiteurs qui montent, conduits par le garçon, — lequel fait, en descendant, la quête, non pour eux, mais pour le patron et pour lui.

C'est à visiter, l'hiver, à deux heures du matin, alors que s'évacue la salle ; on grimpe et l'odeur fade du bas s'aggrave des senteurs échappées, Dieu sait par où, des sulfures. Trolliet lève brusquement le gaz et hurle : « Debout ! » — L'on est sur un champ de bataille ; l'on dirait de ces gens pressés par terre, les uns contre les autres, des cadavres ; ils ont un sommeil de mort, des râles d'agonie ; réveillés en sursaut, ils ressemblent à des blessés évanouis qui reprennent connaissance ; ils regardent, hagards, on ne sait quoi, puis, éblouis par la grande lumière, ils baissent les yeux et leur premier geste, quand ils se mettent sur leur séant, est de glisser les doigts sous leurs guenilles pour se gratter. — « Allons, dépêchons ! » Et Trolliet salive de côté et rien ne peut rendre l'effroyable mépris de ces crachats ; alors tous se lèvent et des détails se précisent ; quelques-uns de ces meurt-la-faim, plus propres ou plus dégoûtés que les autres, se sont couchés, en guise de draps, sur un journal qu'ils remportent, — un autre sort d'un sac dans lequel il s'était plongé jusqu'au col ; sans souffler mot, tous descendent en trébuchant, à la queue-leu-leu, la tête basse, le dos courbé, portant sur leurs épaules des années de vices et de malechances, et ils partent dans la neige, sous l'œil des sergents de ville réunis devant la porte, pour surveiller la sortie du bouge.

La triste procession s'essaime, en grelottant dans la rue. Où vont-ils ? Les uns gagnent les halles afin de ramer des épluchures ou de s'employer, moyennant quelques sous ; les autres errent jusqu'à cinq heures du matin ; ils vont alors manger une soupe à l'asile de Sainte-Anne, puis ils se réfugient dans les églises.

Quant au patron, il boucle solidement sa cambuse, vide la lessiveuse qui bout dans la pièce d'en haut, lave à grande eau le plancher, détruit ainsi autant que possible la vermine.

Cette salle dite du Sénat est également intéressante à voir pour une autre cause, vers les neuf heures.

Trolliet, marié à une géante au teint couperosé et aux cheveux couleur d'acajou, un type d'ogresse alsacienne, est père de deux petites filles ; on les aperçoit qui font leurs devoirs en bas, dans une minuscule pièce vitrée, éclairée par une honnête lampe, près du comptoir ; et, le soir, ces demoiselles, qui ont des nattes blondes dans le dos, récitent leurs leçons à leur maman. Cette scène paisible de famille, derrière le belluaire, qui surveille sa ménagerie, étonne ; mais, quand neuf heures sonnent, cette surprise devient un vrai régal. Les demoiselles Trolliet ferment leurs cahiers de classe et, sous la garde du garçon, montent se coucher. Or leur chambre est contiguë à celle du Sénat et il leur faut, pour s'y rendre, fouler le corps étendu des loqueteux ; et elles filent sur eux, légères, avec des mines de chipies ; si elles ne crachent pas de côté comme leur papa, elles vous ont au moins des moues de princesses qu'on offusque. Il va sans dire qu'aucun des mendigots endormis ne regimbe, car Trolliet viendrait empoigner le plaignant, le descendrait à coups de bottes et finalement le viderait, tel qu'un paquet d'ordures, dans la neige.

Et l'on se demande ce qui peut bien se tramer dans la cervelle de ces fillettes-là, vivant à part, dans un monde de bagne, assistant placidement, du fond de leur petit réduit, à d'effroyables scènes de saoulerie et à de mortelles rixes. Ces infantes de la Maub' seront riches un jour, car le père a réalisé sa fortune dans ce commerce et, il y a quelques années, il parlait de vendre. Quels étranges souvenirs de jeunesse il y aura chez ces créatures lorsqu'elles seront devenues des bourgeoises, filles d'un ancien négociant, fières de leur dot !

Ces salles que nous avons vues sont peuplées de birbes ; celle où dorment, au rez-de-chaussée, les ivrognes et qui est connue sous le nom de salle des Morts, une sorte de cave abjecte et noire, est surtout remplie, elle aussi, par de vieilles gens ; quant aux jeunes, ils s'entassent dans la seconde salle du bas, peinte de paysages dont le dessin balbutie et dont les couleurs divaguent ; ils représentent des prairies, un clocher d'église, une rivière, un pont sur lequel s'avance une noce. Cette pièce est comme une succursale de la maison Alexandre ; il y a là, jouant aux cartes et buvant du tord-boyaux, des gamins affreux, des joueurs de bonneteau, des carroubleurs, des marlous, pis ; l'horreur de ces gueules qui ricanent sous des cheveux plaqués, de ces bustes crapuleux qui se dandinent, de ces yeux qui dévalisent ! — et, parmi ces faces méchantes et basses, une admirable, celle d'un ange de Botticelli, avec ses longs cheveux et ses prunelles atrocement claires, celle de la « belle Clara », un limousin venu à Paris pour gâcher le plâtre et qui, à vingt ans, en est déjà à sa sixième condamnation pour attentat aux mœurs ; puis deux ou trois, moins inquiétants, à la physionomie de sous-offs chapardeurs, Francis, le chantre de ce bouge ; la Marine, un ancien matelot, deux carottiers bons enfants, à la solde de la police. Mais ce qui est plus effrayant que la troupe des jeunes gredins, ce sont les femmes : Antoinette, dite Mémêche, une môme de dix-sept ans, une boule de graisse posée sur de courtes pattes, avec, dans un visage de pleine lune crevé par un nez en pied de marmite, la plus jolie bouche qui soit et des yeux ingénus de vierge. Maîtresse d'un chef de bande déjà poursuivi pour tentative de meurtre, elle faisait en sortant du Château-Rouge, à deux heures, le vol au poivrier, aux Halles ; rosse et câline, elle disait avec un accent d'ineffable gloire : « Tu verras, je te le ferai connaître, mon gas, et il te plaira, car c'est un homme qu'a du sang ! »

Louise Hellouin, dite la Tache-de-Vin, l'ancienne amante de Midi, le complice de Gamahut dans l'assassinat de la veuve Ballerich, une matrone massive, à la bouche féroce, aux yeux sournois, à la hure éclaboussée d'une tache de sang lui couvrant toute une joue, des lèvres jusques au front ; celle-là tenait du veau et de la hyène. — Mais la plus horrible, c'était encore une vieille de plus de soixante ans, Pauline, dite Pau-Pau ; celle-là ne dessoûlait pas ; elle avalait le vin, l'absinthe, le casse-poitrine, pêle-mêle, rôdait avec un cabas dans lequel on apercevait des tronçons de pipes et vous interpellait : « Mssieu, toi qu'on dit être si bon, paie-moi une bombe ! » — et le verre de vin était bu d'un trait. Jamais je n'ai vu figure plus lamentable ; c'était une bouillie blême ; tout coulait, le nez, la bouche, les yeux ; le visage se fondait en des ruisseaux de larmes. Chose étrange, dans ce pauvre être où tout sentiment paraissait aboli, il subsistait une certaine élégance de taille, des doigts fins, parfois même des mots recherchés qui détonaient dans ce milieu ; la légende était-elle donc vraie lorsqu'elle racontait que cette femme sombrée dans l'ivrognerie avait été la mère d'un avocat à la cour d'appel qui s'était suicidé de désespoir, après avoir tout essayé pour guérir cette malheureuse de son vice ?

Que sont devenus ces trois monstres depuis les quelques années que je les ai perdus de vue ? Les forces mauvaises qu'elles détenaient ne leur furent guère propices ; Mémèche, dans un accès de delirium tremens, s'est laissée choir d'un quatrième dans une cour et s'est tuée ; la Tache-de-Vin, compromise dans un nouvel assassinat, a été condamnée à cinq ans de réclusion, et Pau-Pau est morte. D'autres les ont remplacées, mais moins intéressantes, encore qu'elles ne vaillent pas mieux ; quant à l'aspect du tapis-franc, avec son côté d'authentique coupe-gorge et aussi de décor d'attrape-pante, il est, malgré le changement des comparses, le même.

Certains soirs, des crises de joie, soulèvent, toujours sans qu'on sache pourquoi, ces miséreux ; alors le repaire se mue en un cabanon de fous ; on se range en cortège ; l'un s'empare d'un seau vide et joue du tambour dessus ; un autre arbore au bout d'un balai un torchon en guise de drapeau, et, tandis que l'on débite une « proclamation de Monsieur le maire » plus ou moins bête, tout l'établissement défile, en poussant des cris d'animaux, et cela finit par un chahut. Alors, dans la poussière qu'agite le piétinement des galoches et des bottes, dans la puanteur qu'exhale le remous des jupes, passent de consternantes visions d'être tordus par des spasmes nerveux, de femmes suivant un homme, l'air égaré, et refaisant, sans parler, un à un, ses gestes. Il y a évidemment des symptômes de démence chez ces gens subitement tirés de leur hébétude.

Mais ces petites fêtes se terminent généralement par des disputes ; les femmes, surexcitées par le bruit, s'écharpent, et les souteneurs s'en mêlent. Et Trolliet intervient ; pour mettre tout le monde d'accord, il assomme, sans parti pris, les lutteurs des deux camps, puis il empoigne les éclopés et, par la porte d'entrée que le bistro lui ouvre, il les précipite, la tête la première, dans la cour ; ce après quoi, il promène, en revenant à son comptoir, un regard circulaire sur le bétail de sa ménagerie et, voyant qu'aucun n'ose broncher, il crache.

VIII

La rue Saint-Séverin continue la rue Galande, mais entre le commencement de l'une et la fin de l'autre s'étend, derrière l'abside de l'église enfouie sous de malpropres masures, une petite place formée par le débouché de la rue Saint-Julien-le-Pauvre et de celle du Petit-Pont qui vient du quai et meurt, en enfantant cette rue Saint-Jacques que la plupart des anciens plans désignent sous le nom de « la Grand'Rue ». Dans sa Description de la ville de Paris au XVIIIe siècle, Germain Brice dit qu'elle était habitée par des libraires et des marchands d'estampes, à cause du voisinage des écoles ; il y a beau temps que ces négoces ont émigré sur les quais ou se sont installés dans des quartiers plus riches.

Rajeunie le long de son parcours, la rue Saint-Séverin n'a plus rien conservé de son aspect d'antan ; le seul coin un peu curieux qu'elle recèle est ce cul-de-sac Saille-bien devenu l'impasse Salembière, creusée entre deux de ses maisons et demeurée bizarre avec sa grille de fer rouillé, ses becs de gaz morts, ses tuyaux de descente qui dégringolent avec leurs plombs et, au travers de l'étroite chaussée, se cognent.

Au XIVe siècle, la petite place était, si nous en croyons l'anonyme qui rima les Moustiers de Paris, un marché aux frusques.

Après, oublier ne dois mie
Saint-Séverin pour la ferperie
Qui est achetée et vendue
En son quarrefour...

À l'heure actuelle, cette industrie s'est réfugiée dans les rues voisines, mais, à vrai dire, elle s'exerce surtout en plein vent ; les garnements de la paroisse achètent leurs nippes à un recéleur qui rôde dans les bouges, le soir, et qui prend des objets volés en échange ; il vend d'ailleurs pour ceux qui le doivent payer en argent un peu meilleur marché que les regrattiers des boutiques ; voici un échantillon de ses prix :

Une culotte vaut de un à cinq francs ; un gilet de cinquante à quarante sous ; un pardessus mettable atteint trois francs ; les souliers varient de un à trois et quatre francs ; le chapeau de vingt centimes à un franc ; quant aux chaussettes, elles s'achètent, quand elles sont encore trouées, deux sous, et si elles sont raccommodées, elles coûtent cinq centimes de plus.

Pour en revenir à la rue, elle titube le long de son église et elle est coupée, au coin du portail, par une sente que, dans son « Dit des rues de Paris », Guillot traite de ruellette et accuse, en des termes singulièrement crus, d'être une garenne de filles. Plus tard, au XVe siècle, elle fut occupée, en partie, par le collège de Lisieux qui fut transporté ensuite rue des Grès, puis rue Jean-de-Beauvais ; enfin elle eut pendant plus d'un siècle pour locataires les desservants de la paroisse et elle s'appela, tour à tour, ruelle de l'Archiprêtre, rue aux Prêtres et fut enfin désignée sous le nom de rue des Prêtres-Saint-Séverin qu'elle a gardé.

Une question maintenant se pose, celle de savoir quel est le saint qui a baptisé la petite basilique et placé sous son vocable tout le quartier.

De même que pour saint Julien-le-Pauvre, les avis diffèrent ; les uns prétendent qu'il s'agit de saint Séverin le solitaire qui, sous le règne de Childebert Ier, se retira sur la rive gauche de la Seine, dans une celle, « s'exerçant de tout son pouvoir à contemplations divines », dit le P. du Breul. Un ancien bréviaire parisien, qui renferme dans sa partie d'automne une vie de ce saint, raconte que le fils du roi d'Orléans, saint Cloud, vint se fixer auprès de lui et se fit moine ; puis, quand son maître mourut, il fonda sur l'emplacement actuel de l'église, un oratoire dans lequel il l'inhuma.

D'autres assurent que ce ne fut pas à ce Séverin-là que fut dédiée l'église, mais bien à un homonyme, fondateur du monastère de Château-Landon et abbé d'Agaune ; celui-ci, appelé à Paris par Tranquillinus, médecin du roi Clovis, guérit ce monarque, que l'on jugeait perdu, par l'imposition de sa chasuble.

Pour tourner la difficulté, le Propre d'un office édité en 1738 par le curé de la paroisse imagina de fondre les deux saints en un seul. Après avoir été anachorète à Paris, il serait devenu abbé d'Agaune ; mais cette assertion ne tient pas debout et est formellement contredite par tous les textes. Un seul fait est certain, c'est qu'en 1050 Imbert, évêque de Paris, réclama cette chapelle au roi Henri Ier qui la détenait et la rendit ; or le diplôme signé par ce souverain désigne expressément ce sanctuaire sous le nom d' « Ecclesia sancti Severini *solitarii* ». Il appartient donc, selon toute vraisemblance, au solitaire.

Néanmoins, afin de contenter tout le monde, le clergé prit l'habitude de célébrer la fête des deux saints, du solitaire, le 23 novembre ; de l'abbé d'Agaune, le 11 février.

Que reste-t-il de l'oratoire élevé par saint Cloud au VIe siècle ? Rien ; les Normands le brûlèrent. Imbert le réédifia au XIe siècle ; il disparut encore dans une tourmente et il fallut, deux cents ans après, le rebâtir.

Mais, de même que la plupart des basiliques, l'église, telle que nous la voyons aujourd'hui, fut construite en plusieurs fois ;

elle chevauche, ainsi que ses grandes sœurs, les cathédrales, sur plusieurs siècles. Le XIIIe dressa les trois premières travées et la tour ; le XIVe ajouta les trois autres travées, le sanctuaire et le chœur ; le XVe, les collatéraux et les chapelles ; le XVIe, le trésor, la sacristie et la majeure partie du vaisseau ; quant au XVIIe, il l'éreinta : après avoir défoncé la chapelle de Saint-Sébastien pour lui substituer une hideuse salle qui servit pendant longtemps de chapelle à la Vierge, il jeta bas le jubé, plaqua de marbre couleur de rillettes les piliers du chœur, transforma en arcades cintrées les ogives, instaura dans le chœur, aux frais de la Montpensier, un autel à baldaquin ridicule.

Le XVIIIe la négligea jusqu'à la Révolution ; elle devint alors un dépôt de salpêtre et de poudre, mais le XIXe siècle la sauva ; il revêtit sa façade occidentale, qui ne se composait que d'une baie sans ornements en ogive, d'un délicat portail provenant de l'église de Saint-Pierre-aux-Bœufs, démolie en 1837 ; il la dota également de vitraux enlevés à Saint-Germain des Prés qui préféra s'éclairer avec les figures imbéciles issues des cartons de feu Flandrin ; enfin le curé actuel, qui est un brave homme, vraiment amoureux de son église, la débarrassa du maître-autel à baldaquin et remit la statue de la Sainte Vierge là où elle devait être, dans une des chapelles de l'abside. Pourquoi faut-il, hélas ! qu'avec tant de bonne volonté, il se soit laissé imposer d'horribles vitrailles agrémentées des portraits des bourgeoises qui les payèrent ?

En dépit de ces tares et des sinistres peintures des Jobbé-Duval, des Signol, des Cornu, des Flandrin, des Heim et des Hesse qui pourrissent heureusement et s'éteignent dans l'humide ceinture des chapelles, l'église de Saint-Séverin demeure quand même exquise. Bien qu'avec d'abominables et de clairs carreaux, signés du nom de Hirsch, on l'ait dépouillée du mystère apaisant de son ombre, l'abside n'en reste pas moins l'une des plus étonnantes ombellas que les artistes d'antan aient jamais brodées pour abriter le Saint-Sacrement de l'autel. Ils semblent en avoir emprunté la forme à la végétation du pays où naquit le Christ, car ils ont planté une futaie de palmiers dont un fruit tombe en une goutte de sang, en un rubis de veilleuse, devant le tabernacle. Et l'on y va, à cette abside où se tiennent les réserves de Dieu, par un chemin vraiment mystique, car les allées accouplées qui y mènent, en filant de chaque côté le

LE QUARTIER SAINT-SÉVERIN

long de la grande nef, ont l'aspect tout claustral des routes hors le monde, des galeries de cloîtres !

Sait-on quel fut l'architecte qui rêva cette délicieuse flore de pierre ? D'anciens documents nous apprennent qu'un sieur Micheaul Le Gros dirigeait, en 1496, la construction des chapelles du midi, et c'est tout.

Saint-Séverin, si pauvre maintenant, fut riche au Moyen Age ; pour aider à sa bâtisse, le pape Clément VI avait accordé des indulgences et les dons affluèrent ; un in-folio de 1636 intitulé : « Le Nouveau Martyrologe ou Mémoire des offices, obit, messes, saluts, prières, prédications et aumônes fondés en l'église parochiale de Saint-Séverin, à Paris, » les énumère longuement ; on y trouve, relatées aussi, les largesses de l'église, entre autres la fondation d'une école pour les pauvres écoliers qu'on nourrissait, puis, à propos de la sépulture des indigents, cette clause : « Il ne sera rien pris pour la sonnerie, parements, poille, argenterie et ouverture de terre aux convois et services des prisonniers décédés dans le Petit-Châtelet, des pauvres honteux et des pauvres serviteurs et servantes. »

De son côté, l'abbé Lebeuf a constaté, dans un compte de fabrique portant la date de 1419, cette coutume touchante d'avoir, l'hiver, un grand manteau pour le jeter sur les épaules des pauvres femmes qui, après leurs couches, venaient entendre la messe de relevée, « afin de les tenir chaudement », dit le texte.

Un autre usage s'est également perpétué pendant tout le Moyen Age. Bien que l'église ne fût point consacrée sous son vocable, on y vénérait d'une dévotion toute particulière saint Martin, patron des voyageurs à cheval. Une part du fameux manteau avait été, en effet, transmise comme relique, à Saint-Séverin, par les chanoines de Saint-Martin-de-Champeaux, en Brie. On brûlait en son honneur des cierges, et pour préserver leurs bêtes des maladies et des accidents, les voyageurs les faisaient marquer avec la clef de fer, rougie au feu, de la chapelle vouée à ce saint. Les étudiants venus à cheval de leur province pour suivre les cours de l'Université de Paris agissaient de même et, afin de remercier le grand Thaumaturge des Gaules de les avoir protégés durant le voyage, ils fixaient, dès leur arrivée dans la ville, les fers de leur monture sur la porte qui s'ouvre, au-dessous de la petite horloge du XVe siècle, là où la rue des Prêtres prend en écharpe la rue Saint-

Séverin. Un bas-relief de Maillet, placé en 1853 sur le tympan de ce porche, évoque le souvenir de cette dévotion si parfaitement abolie qu'il n'y a même plus dans cette église un autel voué à cet Élu ; ce bas-relief est médiocre et le portail même que le mauvais goût de notre époque le charge d'orner ne mérite qu'on l'examine qu'à cause des inscriptions en petites capitales gothiques qui sont gravées sur les cadres en pierre de sa baie. Elles rappellent aux fossoyeurs les obligations de leur métier ; on y peut déchiffrer celle-ci : qu'ils devaient nettoyer les voûtes et toute l'église, le jour de la Saint-Martîn d'été, à cause de la fête que l'on y célébrait le surlendemain. Une autre, un peu plus loin, encore lisible, dit :

Bonnes gens qui par cy passez
Priez Dieu pour les trépassés.

Les trépassés étaient inhumés, en effet, là, derrière la nef, dans un cimetière devenu depuis le jardin de la cure.

Et à droite et à gauche de cette porte subsistent encore les débris de deux lions, insignes de l'autorité ecclésiastique qui rendait ses jugements sur le seuil de l'église et les terminait par la formule : « Datum inter duos leones. »

À titre de renseignement, l'on peut ajouter encore qu'il y avait à Saint-Séverin un bréviaire public attaché le long d'un pilier avec une chaîne, à l'usage des pauvres gens.

Enfin il existait au Moyen Age, tout à côté de cette église, une petite cellule dans laquelle une femme s'enfermait pour le reste de ses jours, afin d'expier ses fautes et celles du prochain et de vivre, isolée de tout, en Dieu. L'ancien nécrologe de l'abbaye de Saint-Victor nous révèle le nom de l'une de ces recluses. On lit, en effet, à la date du 11 avril, dans ce livre rédigé sous Charles V, l'obit de dame Flore, ainsi conçu : « Obitus dominæ Floriæ, reclusæ de Sancto Severino. »

Et j'avoue que je rêve à cette femme enfermée toute vivante et à laquelle on passait, comme à sainte Thaïs, par une ouverture, un morceau de pain et un peu d'eau. Elle réparait sans doute les outrages des truands, les ribotes des écoliers et des filles. Dame Flore ! et je songe à sa triste homonyme, à celle connue sous ce nom dans le monde des bouges, à cette fillette aux yeux de souris et au rire presque frais qui fréquenta chez Triollet et chez le Père Lunette et qui fut, dans ce dernier repaire, frappée de sept coups de tranchet et transférée à l'Hôtel-Dieu où elle mourut.

Quels abîmes d'âme séparaient la prostituée de cette sainte pleurant les méfaits des Flore de son temps dans la nuit sans aube d'une tombe ! Mais l'ancienne solitaire doit encore intercéder là-haut pour les descendantes de celles que les supplices qu'elle s'infligeait ici-bas sauvèrent ; et elle prie sans doute pour la pauvre vaurienne qui a mérité le pardon de ses péchés, peut-être, car elle n'était pas résolument mauvaise et elle se montrait même humble et douce, quand elle n'avait pas par trop bu.

IX

En 1410, la fabrique de l'église Saint-Séverin acheta l'hôtel des abbés des Eschallis, contigu au cimetière qui s'éployait au sud, tout le long des bas-côtés de la nef, et elle créa sur cet emplacement de nouveaux charniers. Construits ainsi que des galeries de cloîtres, dallés, voûtés, surmontés de délirantes gargouilles, ils furent ensuite historiés d'épigraphes, ornés de tableaux, tendus, les jours de fêtes carillonnées, de tapis de haute lice.

L'on y enterra, pendant deux siècles, les familles du quartier, puis, en 1674, une délibération du conseil de fabrique prescrivit la fermeture de ces lieux.

Il était temps, car à force de ne pas les avoir réparés et surtout d'avoir surchargé les galeries de bâtisses destinées à loger les prêtres de la paroisse, tout s'effondrait ; des maçons en étayèrent tant bien que mal, les parties les moins faibles et, pour empêcher les autres de s'écrouler, ils les démolirent. Des bribes de ces corridors et de ces arceaux subsistent encore autour du jardin de la cure.

Ces charniers, dans lesquels on pénétrait par une porte s'ouvrant sur le flanc droit de l'église et par un passage rejoignant la rue de la Parcheminerie, servirent également pendant des siècles de chapelle de catéchisme, de salle de réunion du bureau de l'œuvre, de salle de vote pour l'élection des marguilliers, le Martyrologe de Saint-Séverin nous apprend en outre que le premier jeudi de chaque mois et le mardi, durant les prières des Quarante heures, l'on portait le Saint-Sacrement en procession dans les allées funéraires de ce cloître et qu'aux grandes féries l'on distribuait la communion « sous la première partie du charnier, devers la chapelle du Saint-Esprit ».

Enfin, dans sa Monographie des charniers de Paris, l'abbé Dufour a cité un extrait du règlement général pour les droits de la fabrique de Saint-Séverin. Ce règlement est daté du 19 août 1637 ; voici quelques-uns de ses articles :

« Le fossoyeur sera tenu, aux quatre fêtes solennelles de l'année et quatre jours avant chacune d'icelles, de réparer à ses dépens l'aire des ailes de l'église et des charniers, sans que pour cela il puisse rien demander à l'œuvre... Les corps venant des maisons infectées ou soupçonnées de maladies contagieuses ne seront enterrés ni dans l'église ni sous les charniers pour quelque cause ou considération que ce soit. Défense est faite aux enfants de chœur de quêter sous les charniers durant l'administration de la communion. Pour les quêtes de la fabrique, l'on placera deux tables et deux bassins, l'un à l'entrée desdits charniers et l'autre proche de la porte du bureau pour recevoir ce qui sera offert volontairement, sans inviter ni exhorter les assistants à donner autre chose, non pas même le jour de Pâques, pour le vin de communion. »

On ne rançonnait point trop, on le voit, dans ce temps-là, les ouailles et l'on avait assez le respect du lieu saint pour ne pas tolérer comme aujourd'hui dans certaines églises, à Saint-Sulpice, par exemple, qu'un suisse chambardât en pleine messe les chaises et parlât haut, en bousculant tout le monde, afin de frayer passage au prêtre qui vous fait sauter sous le nez une bourse.

Pour en revenir aux ossuaires de Saint-Séverin, ils possédaient les pierres tombales les plus curieuses ; elles ont disparu ; l'une pourtant, datée du XVIe siècle, a été transférée dans l'église, en 1842, et posée au-dessus de la porte de l'ancien trésor, à gauche de la sacristie. L'épitaphe est surmontée d'un bas-relief naïf et charmant qui représente Nicolas de Bonfon, de son vivant marchand et bourgeois de Paris, et Robine de Cuyndel, sa femme, à genoux avec leurs dix enfants devant la croix sur laquelle Jésus, assisté de la Vierge et de saint Jean, se meurt.

À noter aussi, en fait d'épitaphes, une du siècle suivant, gravée sur une plaque de marbre blanc et scellée au-dessus du bénitier de la porte d'entrée de Saint Martin ; celle-là, vraiment solennelle et bizarre, nous apprend que feu Bertrand Ogeron « jeta les fondements d'une société civile et religieuse au milieu des flibustiers et des boucaniers des îles de la Tortue et de Saint-Domingue et prépara ainsi, par les voies mystérieuses de la Providence, les destinées de la République d'Haïti. »

L'église Saint-Séverin, si effacée maintenant, fut une église importante au Moyen Age ; sa juridiction s'étendait alors sur les territoires qui formèrent plus tard les paroisses de Saint-André, de Saint-Côme, de Saint-Étienne-du-Mont, de Saint-Jacques du Haut-Pas, de Saint-Sulpice ; placée au centre des écoles, elle servait d'oratoire à Albert le Grand, à Dante, à saint Thomas d'Aquin, à saint Bonaventure.

C'est sous sa nef que l'Immaculée-Conception fut vénérée six siècles avant qu'elle ne fût déclarée dogme de foi par l'Église. Saint-Séverin avait donc devancé, et de combien d'années ! le culte révélé de Lourdes.

L'Université de Paris avait, en effet, adopté les thèses de saint Anselme et du docteur subtil, le franciscain Duns Scott, sur la pureté sans tache de la Conception de Marie et après avoir institué, en 1311, une confrérie pour honorer, sous ce titre de l'Immaculée, la fille de Joachim, elle décréta, en 1497, que nul désormais ne serait admis par elle au grade de docteur en théologie, s'il ne partageait et ne s'engageait, par serment, à soutenir et à défendre cette doctrine.

En ce temps, la dévotion à la Sainte Vierge devint si populaire à Saint-Séverin que son image fut, ainsi qu'à la cathédrale de Chartres, répandue à profusion sur son portail, sur ses verrières, sur ses murs ; les foules y venaient afin d'obtenir les guérisons des écrouelles et de la fièvre, en buvant de l'eau d'un puits creusé dans l'église même. Ce puits, qui a plus de dix mètres de profondeur, existe encore, rez terre, au bas du pilier de droite de la chapelle de la Vierge. On y puisa, il y a quelques années, de l'eau ; elle était, en sortant, fraîche et limpide, seulement on ne put l'utiliser, parce qu'elle croupissait au contact de l'air.

Mais, comme toujours, l'hyperdulie stimule la rage des forces déchues ; aussi n'est-il pas surprenant que des sacrilèges et des hérésies se soient rencontrés dans l'histoire de ce sanctuaire.

Le souvenir de l'un de ces sacrilèges, commis au mois de septembre 1693 par une femme qui se rua sur le calice que tenait le prêtre et renversa le précieux Sang, est demeuré si vivace que l'on continue actuellement à faire, le premier dimanche de septembre, une procession autour de la nef, pour réparer cet attentat.

Mais ce n'est là qu'un geste isolé ; ce qui est plus typique et plus probant, ce fut la persistance de l'hérésie dans ces lieux ; alors que le jansénisme avait disparu de presque toutes les paroisses de Paris, il se maintint à Saint-Séverin, là justement où le culte de la Vierge était et le plus fidèle et le plus vif.

Cette secte avait, il faut bien le dire, élu domicile depuis de longues années dans le quartier. Le diacre Pâris avait longtemps séjourné rue de la Harpe, puis il avait été promu supérieur de la communauté des clercs de Saint-Côme, très voisine de Saint-Séverin, et il s'était livré à une propagande effrénée dans ses alentours, prônant partout la doctrine de Jansénius, agissant même, après sa mort, sur les âmes incertaines, par les prestiges diaboliques de ses miraculés.

La Révolution culbuta tout ; mais en 1802, lorsque Saint-Séverin fut rendu au culte, ce qui restait des jansénistes parvint à faire nommer curé un disciple fervent de Port-Royal, M. Joseph Baillet. Secondé par d'habiles prêtres engoués des mêmes idées, ce curé battit le rappel dans Paris des jansénistes et bientôt tous arrivèrent pour se fixer dans les environs de l'église qui devint ainsi le quartier général des « appelants ».

Ce fut alors le délaissement affecté de la Vierge, les saluts silencieux et courts, la messe célébrée à demi-voix, la destruction des images et des statues, toute l'horrible sécheresse de ces âmes passée dans l'apparat du rit.

Les écoles de garçons furent confiées aux frères de Saint-Antoine et celles des filles aux sœurs de Sainte-Marthe, les deux congrégations affiliées à la secte et, dans l'espoir de faire des prosélytes, l'on organisa, dans la rue Saint-Séverin, une imprimerie où l'on édita des annales dites « chrétiennes » et un mémoire réclamant la suppression de la langue latine dans la liturgie.

Cependant l'archevêque de Paris, qui avait vainement accablé l'abbé Baillet de ses remontrances, finit par sévir et, le 18 octobre 1820, il le déposséda canoniquement de sa cure et nomma à sa place un vicaire de Saint-Merry, ancien chanoine régulier de Sainte-Geneviève, avec mission de réformer la paroisse.

Mais l'abbé Siret et ceux qui lui succédèrent n'obtinrent que de faibles avantages ; il fallut l'arrivée de M. Hanicle dans la paroisse pour balayer à jamais les « appelants ». Celui-là était un fort saint homme et, qui plus est, un vrai mystique. Certain de l'efficacité de la prière, il n'attaqua pas l'hérésie par les moyens naturels ; il laissa les jansénistes tranquilles, mais il les cerna dans un filet de suppliques à la Vierge et il les prit. Pour cela il fit revivre la dévotion interrompue depuis le Moyen Age, et mal ranimée par les curés qui le précédèrent, de l'Immaculée Conception ; il fonda l'archiconfrérie de Notre-Dame de Sainte-Espérance, telle qu'elle existe encore aujourd'hui ; il entassa neuvaines sur neuvaines, dirigea sur ce but toutes les âmes pieuses de sa paroisse ; et les résultats acquis en très peu de temps furent si extraordinaires que l'on considéra son œuvre comme un miracle.

L'écrivain qui rédigeait les « Annales chrétiennes » se convertit ; les frères de Saint-Antoine s'en allèrent d'eux-mêmes et furent suppléés par les frères des Écoles ; la lutte contre les sœurs de Sainte-Marthe, que régissait la sœur Rosalie, une femme aussi ingénieuse que têtue, fut plus âpre. Le curé doubla ses prières, s'imposa de nouvelles mortifications et de nouveaux jeûnes et, un beau matin, elles déguerpirent et leurs positions furent occupées par les sœurs de Sainte-Marie, puis par les filles de Saint-Vincent-de-Paul.

Le jansénisme était vaincu ; les quelques ouailles dissidentes qui restaient, touchées par la sainteté de M. Hanicle, se rendirent et ce fut même l'une d'elles qui fit don à l'église de sa statue de la Vierge placée dans l'abside, de cette Vierge, si grossièrement femme, sculptée par ce Bridan dont l'Assomption, tout à la fois fade et charnue, souille encore le maître-autel de la basilique de Chartres ! — Et dire qu'il y a dans le square de Cluny, à deux pas, une si ancienne et si belle madone qui s'effrite sous la pluie et qui serait si bien à sa place dans la chapelle du fond de Saint-Séverin !

Depuis ce temps, c'est-à-dire avant même la mort de M. Hanicle, survenue en 1869, l'hétérodoxie avait complètement disparu et l'on n'en entendit plus depuis lors parler. Cependant, à titre de renseignement, il est utile de signaler un fait étrange qui s'est passé, après 1840, à l'insu du clergé, dans ce sanctuaire.

Un ami de Mickiewicz, un Polonais, que cite Erdan dans son tome II de la « France mystique », André Towianski, inféodé à la secte de Vintras dont il se sépara par la suite pour se déclarer une réincarnation de Napoléon et prêcher une série d'erreurs qui se rapprochent de celles professées par les Vaudois et par Swedenborg, avait fondé à Paris une association religieuse et politique, sous le nom des « bons frères ». La police s'inquiéta de cette propagande et un arrêté d'expulsion fut pris contre Towianski qui se retira à Bruxelles, puis à Genève où il mourut.

Or, tandis que cet illuminé était associé aux entreprises sataniques de Vintras qui le nomme dans sa correspondance le « Prophète de Législation », il faisait, lui et ses adeptes, brûler une lampe à Saint-Séverin, pour la venue du Paraclet.

Cette coutume se continua durant plusieurs années, mais, un jour, la vérité se sut et le curé épousseta cette petite hérésie qui s'était introduite à la cantonade dans son église.

Il ne subsiste, comme souvenir de ces vaines croyances, qu'un portrait de la Vierge, pendu près de la sacristie et qui est encore vénéré par quelques-uns, des Polonais de Paris.

Maintenant, Notre-Dame a repris l'entière possession de Saint-Séverin. Si les foules ne s'y portent pas, de même qu'à Notre-Dame-des-Victoires, Elle a néanmoins, en dehors des fidèles du quartier, ses visiteurs. Pour ceux qui, tels que moi, reçurent le baptême dans la chapelle de ses fonts et y revinrent, après bien des années, pour y chercher une aide dans la plus douloureuses des crises, Elle est unique. Là, dans le petit coin si intime de son chevet, près de cet arbre dont le tronc tourne en spirale sur lui-même, éclate lorsqu'il touche la voûte et retombe en une pluie pétrifiée de branches, Elle se révèle très pacifiante et très douce.

Les étudiants l'invoquent pour le succès de leurs examens ; mais je crois que sa présence se fait surtout sentir aux pécheurs tourmentés par la fièvre du mal, aux pécheurs dont l'âme est à vif. Elle panse et lénifie, tout en souriant, les plaies. Elle est la Madone qui cicatrise, Celle qui désaltère.

X

En sortant de l'église et en remontant la rue des Prêtres Saint-Séverin dont les ruisseaux lavés par des eaux de teinture arborent des pavés d'un noir d'encre ou d'un violet de gros vin, l'on atteint la rue Erembourg de Brie, devenue rue Boutebrie, où s'élevait jadis le collège de Gervais. Plus rien ne demeure de cet édifice, mais la rue conserve encore, près d'un bureau de nourrices, une ancienne maison à pignon et un vieil escalier de bois sculpté, magnifique. Moyennant quelques sous, on le visite et l'on apprend les prix, plus ou moins exacts, que des Anglais en offrirent ; en attendant qu'on le démolisse, il sert à hisser, la nuit, dans des chambres meublées d'une paillasse, des attelages de prostituées et de soulauds.

Cette rue s'était d'abord appelée rue des Enlumineurs parce que les gens de cette profession y avaient fixé leur quartier, près des écrivains qui travaillaient à côté, dans la rue de ce nom. C'était, dans ces deux sentes, une population très spéciale d'artistes peinant sur une matière rare et dont la vente était limitée par des règlements. À la foire du Lendit où se tenait le marché du parchemin, le lendemain de la Saint-Barnabé, tous les ans, le recteur bénissait l'assemblée, avant que l'on n'arrêtât les prix. L'Université faisait examiner les rouleaux apportés dans la ville et les marchands ne pouvaient commencer leurs achats qu'après que les parcheminiers du Roi et de l'Évêque, les maîtres et les étudiants des Écoles avaient acquis leur provision pour l'année.

Les corporations des enlumineurs et des écrivains étaient exemptes de la charge du guet ; elles étaient puissantes et honorées, et cependant les mœurs de ces gens ne semblent pas avoir beaucoup différé de celles des malandrins. Dans le scriptorium des cloîtres, les moines écrivains, quand leur besogne était terminée, remerciaient Dieu de leur avoir permis de mener à bonne fin leur longue tâche et ils s'écriaient dans les explicit de leurs manuscrits : Deo gratias, feliciter, amen ! Les réflexions des copistes profanes sont autres et elles renseignent sur la nature de leurs goûts ; celle-ci, par exemple, citée par Lecoy de la Marche : « Vinum scriptori detur de meliori ; qu'il soit donné au copiste du vin, et du meilleur », — et un autre ajoute « pulchra puella, une belle fille. »

Cette rue des Écrivains, qualifiée maintenant de rue de la Parcheminerie, est sale et usée. On y vend de la ferraille et des loques ; et, la plupart de ses maisons sont des brandezingues de dernier ordre et des garnis.

Elle se jette dans la rue de la Harpe, ainsi nommée parce que l'une de ses enseignes représentait le roi David jouant de cet instrument. Le Cartulaire de la Sorbonne nous apprend qu'en 1272 les juifs y avaient installé des écoles et la Taille de Paris nous fournit le nom de vingt de ses habitants parmi lesquels figurtnt un huilier, un tailleur et un certain Nicolas « aux ij moutons », fabricant de cervoise. Aujourd'hui, elle recèle deux curiosités bien médiocres, un hôtel dit de la Littérature où logent les déclassés de la plume. L'on n'y reçoit pas les hommes en blouse et le prix de la chambrée est de dix sous ; l'autre est un restaurant pour petites noces d'étudiants ; il n'a de cocasse que son titre : « le Père Chocolat. » Au point de vue de la chère lie, nous sommes évidemment très loin du renom culinaire de cette rue où résidèrent deux émérites queux, Mignot, le pâtissier traiteur, célèbre au XVIIe siècle par l'excellence de ses biscuits, et Lesage qui, sous le règne de Louis XVI, n'eut pas son pareil pour conditionner de moelleux godiveaux et de savants pâtés.

Dans la rue de la Harpe prenait naissance la grande voie qui reliait en ligne droite cette rue à la place Maubert ; c'était la frontière de la paroisse, parallèle à celle du quai qui la limitait, à l'autre bord ; cette voie portait deux noms : — de la rue de la Harpe à la rue Saint-Jacques, rue du Fain ou du Foin ; — de la rue Saint-Jacques à la place Maubert, rue des Noyers ; celle-ci devint, au XIVe siècle, rue Saint-Yves, à cause d'une chapelle dédiée à ce saint, puis elle reprit sa première dénomination dont le sens demeure douteux.

Suivant l'abbé Lebeuf, le mot « noyer » serait une corruption du mot « nouée » qui signifiait lieu humide, marécage ; selon d'autres, cette route aurait été réellement plantée de noyers et la désignation de ces arbres lui serait restée. Le boulevard Saint-Germain se déroule maintenant à la place de ces deux rues.

La rue des Noyers, autrefois remplie par des marchands de foin, était rejointe à la rue Galande par la rue des Plâtriers, devenue rue du Plâtre, puis, en 1864, rue Domat. Elle contenait, au XIIIe siècle, une plâtrière et était presque exclusivement habitée par des maçons.

À l'heure actuelle, elle est une rue sans profession particulière et, comme ses voisines, elle héberge surtout des gueux. L'une de ces bâtisses, celle que désigne un n° 16, est horrible. La porte qui bâille sur le trottoir est si basse qu'il faut presque baisser la tête pour y entrer ; puis l'on s'engage dans des ténèbres mal pavées et, arrivé au bout du couloir, devant un escalier, l'on aperçoit, à sa gauche, une lueur. Le mur fait coude et vous mène par un boyau étranglé dans un fond de cour, et l'odeur d'ammoniaque qui s'échappe de tous ses conduits est telle que les yeux pleurent.

Près de cette masure se dresse le n° 12 bis. En enfilant son corridor, on aboutit au 39 de la rue Galande par lequel on sort. La traversée est bizarre. On longe des allées qui se rétrécissent, puis s'évasent en de courts préaux, se resserrent encore et s'amincissent de telle sorte que lorsqu'on passe sous des corps de logis, l'on est écrasé entre les deux murs et que l'on se courbe pour ne pas se heurter contre les poutres en saillie du plafond. On chemine, dans une fissure, entre de hautes maisons dont les toits se rapprochent, loin du jour. L'une de ces maisons, du côté de la rue Domat, garde encore dans un renfoncement la gaieté campagnarde d'un vieux puits. Il serait curieux, à ce propos, de dénombrer les puits de ce quartier ; presque toutes les anciennes bâtisses en ont, comblés, pour la plupart. Un puits ouvre aussi sa margelle devant Saint-Julien-le-Pauvre, mais il était probablement creusé dans le sol même de l'église, avant qu'elle ne fût en quelque sorte reculée par suite de la destruction de son premier portail qui s'étendait plus en avant dans la cour. D'ailleurs, les puits forés dans les intérieurs des sanctuaires étaient fréquents, au Moyen Age. Sans parler de la cathédrale de Coutances qui en contient deux, à Paris même, Saint-Séverin recèle, comme nous l'avons dit, un puits hors d'usage dans son abside et Saint-Germain-des-Prés en possède également un, bouché, près de la quatrième colonne du chœur, au nord.

En suivant, ainsi que je le fis, les sentes creusées dans les bâtiments de la rue Domat, l'on peut se rendre compte de l'espace qui se déploie derrière les façades de la rue Galande. Le n° 57, celui qui détient le repaire du Château-Rouge, a, à lui seul, plus de 80 mètres de profondeur !

La grandeur de ces terrains assure la démolition des turnes qui les peuplent, car la spéculation les guette ; l'on y entassera de si spacieux immeubles du genre de ceux qui me dégoûtent tant, rue Lagrange !

Avant que ce quartier ait fait place à des avenues bordées d'opulentes casernes et de maigres squares, il est bon de dégager son caractère et de le résumer en quelques lignes.

On a pu le voir, les cabarets et les hôtels foisonnent dans chacune de ces rues ; c'est même l'industrie spéciale de ces lieux ; personne, ici, n'a l'air d'être dans ses meubles et de coucher dans son lit ; personne ne parait manger de la cuisine préparée chez soi ; tous logent, pas même à la semaine, mais à la nuit ; tous bâfrent des rogatons achetés chez les regrattiers ou se repaissent dans les bibines de la rue de Bièvre ; la misère de ces gens mériterait la pitié, si, à toute heure du jour et de la nuit, les mastroquets et les bars n'étaient pleins. La vérité est que tout l'argent mendié ou volé se dépense là. La clientèle de ces rues, les larrons et les mendiants, les voleuses et les filles n'ont qu'un idéal, paresser et boire ; travailler, c'est la dernière des hontes, la chose à ne pas faire, dans ce monde-là. Il suffit pour s'en convaincre d'entendre chez Trolliet le ton goguenard d'une Mémêche vous répondant, lorsqu'on lui demande pourquoi un tel n'est pas là : « Il a trouvé de l'ouvrage », désignant, par la blague de cet euphémisme, le travail obligé d'une prison.

Les justiciards qui pérorent sur la criminalité rêvent de raser ces tanières ; à quoi cela servirait-il ? Les bandits et les prostituées qui les fréquentent iront autre part ; au lieu de se concentrer dans un endroit, ils se dissémineront dans plusieurs autres et ce sera pis. Saint-Séverin, comme il est, rend des services, car, s'il constitue l'un des refuges les plus hantés par les grinches de Paris, il est aussi l'un des viviers où la police pêche le plus à coup sûr. En tout cas, il sauvegarde les autres quartiers et facilite la surveillance de la racaille, en la rabattant sur le même point.

Et puis, n'en déplaise aux libres-penseurs, il n'y a, humainement, rien à tenter pour assainir l'âme de ces gens. Les châtiments de la justice terrestre sont, au point de vue de l'amélioration des instincts, résolument nuls ; la prison est utile parce qu'elle nous préserve, pendant le temps qu'elle les interne, des gueux, mais elle ne les assagit pas, elle les détraque ; elle achève de putréfier ceux qu'elle isole ; elle devient pour la pègre un tremplin de vanité, car, dans cette classe-là, les condamnations sont des titres et le bagne est une gloire. À moins donc de les déporter tous au loin ou de les tuer, l'on ne peut agir que par les voies surnaturelles sur les gredins.

Et c'est l'affaire de l'Église. Elle s'est toujours efforcée, quand Elle l'a pu, d'épurer les centres contaminés, par des chapelles ; après les assassinats de la Commune, Elle a planté, en plein pays de l'émeute, le Sacré-Cœur. Il est à remarquer aussi que le sanctuaire le plus puissant de Paris, Notre-Dame-des-Victoires, est situé à deux pas de la Bourse ; c'est la forteresse du Bien opposée à la forteresse du Mal.

Il y a là une action lente et que l'on ne voit pas, une lutte qui s'engage entre des forces contraires et dont l'issue ne nous apparaît point, parce que ces conflits se poursuivent souvent pendant des siècles. Les générations qui se succèdent nécessitent, par de nouvelles offenses, de nouvelles prières ; toujours l'équilibre restauré se rompt et il faut que, pour nous éviter bien des maux, l'Église le rétablisse.

Or, autrefois, le quartier Saint-Séverin était, en quelque sorte, bloqué par des chapelles. Outre sa petite basilique et celle de Saint-Julien, et en dehors même des oratoires des collèges groupés dans la rue du Fouarre, il y avait la chapelle de Saint-Blaise et de Saint-Louis, — au bout de la rue de la Harpe, celle de Saint-Côme, — celle de Saint-Yves près de la rue du Plâtre, — à la place Maubert le couvent des Carmes, — les Mathurins rue Saint-Jacques et, à la limite de la paroisse, les Bernardins. Notons encore, pour le défendre du côté du quai, les Miramiones ; la bataille était donc possible, mais aujourd'hui elle ne l'est plus, car il y a, en tout et pour tout, deux églises dont une, celle de Saint-Julien, travestie en un camp de jeunes Palikares, n'a aucun rapport avec ce quartier. Saint—Séverin reste donc seul pour assurer le salut de ses terribles ouailles.

Ajoutons que, pour protéger les enfants contre la carie de ces rues, il y a les frères des Écoles chrétiennes et les filles de Saint-Vincent-de-Paul de la rue Boutebrie. Si l'on veut y adjoindre les sœurs de Saint-Charles d'Angers, installées rue de Pontoise, — et encore celles-là dépendent-elles de la paroisse de Saint-Nicolas-du-Chardonnet, — l'on aura le détail de la petite troupe chargée de combattre l'armée du Mal. C'est vraiment peu et il y aurait grand besoin du renfort de prières des ordres voués à la pénitence, des Carmélites et des Clarisses !

Le remède est là et non dans cette destruction du quartier qu'on nous annonce. D'ailleurs tout le monde sait fort bien qu'on n'amende pas par des déplacements l'âme des scélérats et que la salubrité d'une ville n'est pas mieux assurée parce qu'on agrandit les rues aux dépens des maisons et qu'on substitue aux vieilles puanteurs des allées et des cours la moderne infection des fumées et des eaux vomies par les usines. Mais, en laissant de côté ces prétextes et en admettant même qu'ils ne cèlent point le désir inavoué de plantureux négoces, le quartier n'en est pas moins condamné à disparaître. En effet la haine des ingénieurs pour tout ce qui est encore marqué d'une étampe d'art est inlassable et ils ne s'arrêteront que lorsqu'ils auront complètement aboli les derniers vestiges du Paris d'antan. Après cette mélancolique et charmante Bièvre qu'ils ont fini par tuer et par inhumer dans un égout, ça va être le tour de Saint-Séverin ; c'est dans l'ordre.

ISBN : 978-3-96787-489-1

www.ingramcontent.com/pod-product-compliance
Lightning Source LLC
LaVergne TN
LVHW090038080526
838202LV00046B/3866